L'INQUIÉTUDE ANTIQUE

✤ ✤ ✤

L'Inquiétude Antique.

CH. DE BORDEU

A Henri DUPARC.

Cher Ami,

Du livre que je vous ai dédié et en attendant qu'il puisse être publié intégralement, je détache ces pages éparses. Je les offre à quelques lecteurs que je choisis et je vous les donne avec ma profonde affection.

CH. DE BORDEU.

Abos, 23 Janvier 1906.

« … Mon père ne se souciait pas des systèmes. Mais il affirmait avec bon sens, par le miracle de la vie, la certitude divine et, par celle-ci, que tout est plausible dans la grandeur, qu'on ne se trompe pas à sublimer ses actes, ni ses désirs, ni ses pensées, ni les douleurs et que, parmi les songes du génie, ceux qui éclatent le plus en magnificences reflètent, à peu près sûrement, le plus de vérité… Ainsi, l'ascension d'un esprit par la mort était exactement aussi facile, pas plus impossible à concevoir, pas plus merveilleuse au bout du compte que la naissance d'un enfant, l'éclosion d'un œuf. Et là consistait, par-dessus tous les arguments de collège, la raison péremptoire, la raison vraie du grand espoir… » (Solitude : CH. DE B.).

« Pourquoi je vous rapporte ces pensées ?… Parce qu'elles nous furent confiance et force et comme un rappel doux et puissant à la vie… Parce que vous êtes homme, que je le suis… Et parce qu'indignes de ce grand nom, ou rivés à de lamentables servitudes, sont ceux qui, limitant leur esprit à ce qu'ils appellent l'utile et cet utile à quelques totaux immédiats, tissent en toile à prendre des mouches, entre les barreaux d'un soupirail, la trame positive et magique des heures et ne s'émeuvent point des destinées. Je vous les dis parce qu'elles me semblent raisonnables et qu'elles furent bonnes pour moi, pour moi, non pour résoudre l'insoluble ni égratigner du granit… » (Ibidem).

L'INQUIÉTUDE ANTIQUE

J'ÉTAIS triste, par un soir taciturne, dans l'isolement de ma vie et les ténèbres de ma pensée : il y a des heures où l'homme s'affaisse, sans courage et sans lumière, sous le poids de tout ce qui tombe.

Et je marchais à pas monotones dans l'appartement mélancolique. Des rêves de gloire y étaient éclos, qui avaient pris l'essor et s'étaient perdus. Tous les souvenirs de mon âme habitaient ces murs familiers. L'écho était assoupi dans les tentures aux couleurs éteintes et les choses belles de vétusté, l'écho des jours et des soirs passés recueillis au foyer antique, la voix de toutes les voix que la mémoire répercute au profond des cœurs, et cet écho ne me parlait point.

Des livres étaient ouverts sur la table, et la lampe de mes veillées éclairait des papiers épars ; les aïeux en portraits sévères me suivaient d'un œil fixe et grave ; les rideaux remuaient faiblement devant les croisées ouvertes, et la nuit chaude était morne de sommeil et de solitude... Dans quelque fissure des murs, le grillon blotti répondait à ses frères de la prairie, qui chantaient, mêlés aux vers luisants, leur petite joie tremblottante... Les étoiles, à demi voilées, brillaient d'une lueur pâle et laiteuse. On ne savait d'où pouvaient venir, si léger glissait parmi les feuillages le souffle de la brise, les profondes rumeurs errantes qui, par moments, passaient comme des fleuves de l'ombre.

Et je disais :

« Tout est bon et simple. D'où vient que je suis accablé d'ennui ? L'habitude où je me recueille dans la peine est celle qui m'a bercé dans le bonheur. J'ai accepté ma fortune et me plais à ma pauvreté. Si l'espérance est morte pour moi, la mémoire me reste fidèle, ce qui m'a aimé est toujours sûr... Les heures identiques et calmes ramènent, en tombant l'une sur l'autre, les mêmes retours périodiques de mouvement et de repos ; l'horloge qui les mesure et les scande, rythme à ses battements réguliers les battements du pouls de la vie. »

Je disais encore :

« Mais cette vie m'étouffe comme une chape de plomb, me fascine ainsi que l'énigme et me dévore comme le sphinx. Je ne puis pas la comprendre et je la reflète en mon âme, en mon âme étrangère à soi qui s'interroge sans se répondre et se poursuit sans se trouver... Or je ne sais pourquoi je suis triste, puisque la douleur est dérisoire, en notre cœur stérilisé du simple sentiment de soi-même, qui devrait figer sur nos lèvres un amer et silencieux sourire. Heureux celui qui croit à son œuvre et qui ne sait point que le joug qu'il porte est forgé d'un airain terrible ! heureux le paysan et l'idiot, le braconnier dans sa bauge, le valet courbé sur la charrue ! Leur existence ressemble à un songe de ruminants traversé par des pensées vagues, et c'est pourquoi ils ont leur bonheur. Mais l'homme qui s'est penché sur les choses et qui a regardé la destinée, doit en garder jusqu'au dernier jour la terreur glaciale dans ses entrailles. Il s'assied, déshérité de deux mondes, dans la stupeur des désespérés.

» Pourquoi vis-tu, ne croyant pas à la vie ? Les courts prestiges qui l'illuminèrent ne sont plus pour toi depuis longtemps que des fantasmagories écroulées. Tous tes rêves précipités gisent comme des oiseaux abattus, et c'est toi-même qui les as blessés... Tu ne désires ni ne regrettes : tu es un exilé dédaigneux qui a perdu la terre et le ciel... Cependant, ouvrier désabusé, il faut encore que tu te travailles à bâtir une sagesse impossible, faite d'ironie et d'orgueil... Bien plus, il faut que tu la répandes ! Tu tires vanité de ton néant et le plus futile de tous les songes, celui d'une gloire de papier, le songe d'un peu de bruit à payer des lamentations de poète ou des bavardages de philosophe, est le suprême fantôme et la dernière illusion loquace qui plaise à ton âme dévastée.

» La gloire, il était pardonnable de t'y décevoir et de la poursuivre quand tu ne t'étais pas reconnu. Mais à présent tu te méprises dans ton cœur, et ceux qui la donnent sont tes semblables : tu ne sais que ce qu'ils savent tous ; et comme eux, dès que tu leur parles, tu raréfies des plaisirs vulgaires et tu subtilises des douleurs communes. Tu ne connais pas d'autre vérité que ces accidents de toi-même, et tu l'altères en les racontant. Ta pensée n'a quelque puissance que pour ronger ce qu'elle examine, et tu as vite mis à nu les choses... Il ne faut pas en prendre d'orgueil, car elles sont simples et grossières, et pareilles dans tout l'univers, aux palais comme sous le chaume, dans les charniers de l'histoire comme en tes médiocres aventures... »

Je disais, et au même instant les forces abattues de mon être soulevaient déjà d'un faible mouvement cette tristesse lourde et sauvage... Souvent le calme suit de près la peine ; rien n'est sûr que l'incertitude, ni stable que l'instabilité. L'âme se repose dans ces changements ; elle cherche son équilibre et va oscillant pour le trouver de la désillusion à l'espérance et de l'inertie à l'action.

Alors je dis :

« Ne puis-je revivre ? Resterai-je éternellement ployé sous cette funèbre sagesse ?... La plante se résigne au vent et s'incline comme une reconnaissante créature. N'y a-t-il pas des biens parmi les maux ? Parce que j'ai perdu ma gaieté est-ce qu'il n'y a plus de joie pour les hommes ? Si j'ai rencontré ce qu'ils rencontrent, failli à des fautes pareilles, été déçu à leurs déceptions, si j'ai chancelé à tous leurs doutes, porté des coups, souffert de leur haine et butté aux mêmes accidents, qui accuserai-je ? la Nature, ou moi ?... N'accuse jamais, résigne-toi !... Tu n'es point si sûr de tes pensées que les plus sombres soient les véritables. Elles vacillent trop vite dans ton âme pour que tu n'admettes pas aussi les contraires : accueille les rassurantes pour justes... Sans doute, ils sont fragiles et précaires, les étais de la demeure de l'homme... Il n'a pour palais que des masures, pour cathédrales des ruines croulantes. Qu'importe ? La ruine est sacrée, la masure est douce et vénérable où dorment de pauvres créatures, il ne faut pas blesser leur sommeil. La science, les dogmes et les sagesses ne sont peut-être pas dans nos mains autre chose qu'un bâton d'aveugle. Mais tu ne ris pas de l'aveugle qui va tâtonnant vers la lumière : s'il ne s'est pas couché pour mourir, c'est parce qu'un dieu le soulève ; il faut qu'il achève son voyage et ses pieds trouvent leur chemin.

» Qui me rendra la beauté du monde et qui me donnera d'aimer la vie ? Je ne puis plus me jeter en elle dans l'espérance éclatante et la joie ailée de jadis. Voici que je ne crois plus à mes songes : les apparences me font sourire et les réalités illusoires sont si pauvres qu'elles font pitié. Mais je ne vois point les réelles et c'est pourquoi je suis sans courage... Pourtant elles font tomber jusqu'à nous leur ombre en clartés énigmatiques, et pour peu qu'il en entre au cœur, voilà que le cœur vivifié bat pour les choses fraternelles d'une amitié paisible et féconde.

» Croire à la vie, c'est croire en toi-même, en ceux qui crurent et par qui tu es vivant, à toutes les beautés de la terre et au repos majestueux des morts, à l'habitude et à la mémoire, au rêve léger qui nous berce et à l'illusion inépuisable dont se colore jusqu'au dernier jour la trame changeante du réel ; c'est croire aux assurances du monde, à la Nature qui suit son mystère et aux Puissances silencieuses qui te soulèvent lentement à Dieu... La pensée coule, irradie et s'épanche, donne aux fleuves les rumeurs qui passent, leurs voix aux vents, leur parler clair aux sources qui se cherchent dans les bois ; elle circule aux canaux des arbres, bat dans les artères et bruit dans les feuilles, crée l'opulence des vignes et la grandeur des labours austères, fait graviter les atomes et les planètes autour de leur centre. Donc, à toi qui vis et qui penses, au centre aussi de la création, qui peux en multipliant tes rayons te lier au ciel et à la terre, qu'importe qu'un pauvre bonheur t'ait filtré à travers les doigts, qu'importent quelques doutes misérables, le chagrin d'un jour qui t'a blessé ? »

J'aimerai la terre des campagnes, qui nous donna ses vertus obscures, berceau et tombe, matrice des êtres, leur nourricière profonde, leur foyer et leurs éléments !... champ préparé pour tous les labours, sillon où les germes de la vie tombent, pullulent, meurent, ressuscitent, tourbillonnent, dans les croisements des combinaisons atomiques et les gravitations inconnues. J'aimerai la terre des villages, des légendes et des habitudes ; je foulerai religieusement la poussière des chemins antiques ; je connaîtrai la glèbe et l'effort, la nourriture des chênes et les échanges des blés à l'esprit ; je saurai d'où nos grandeurs montent, dans quel lit les génies éclosent, par quoi les héros se réalisent ; j'accepterai ma misère humaine et détruirai mon débile orgueil, et j'apprendrai comment la Nature a dit à chaque être :

« Accomplis-toi ! va et souffre, traine-toi et tombe ! utilise le pas et la chute, les réussites, les avortements ! Voici les lois avec les énigmes, voici la terre, la faim et la mort. Sois harmonique à mes puissances, réfléchis-toi dans les choses, répands ta petite vie dans la vie. Éclaire-toi aux clartés obscures, fertilise la peine et l'épreuve, et sur les lents chemins du monde, par degrés grandissant du cœur, deviens viable à tes hauts destins. Fais de ta glèbe sortir la justice, la liberté de tes servitudes, le bien des maux et tes vertus des instincts et des éléments. Jette à l'espace tes flèches perdues, travaille ta propre substance, fais-toi des dieux et gravis à Dieu. »

Car la terre est la base immense, et tout ce qui est en nous germe d'elle. Toutes les racines y plongent, les destinées s'y élaborent, et toutes les lois s'y concilient. Les épopées de l'histoire sont écrites avec des charrues ; la borne d'un héritage contient les vastes fortunes des empires ; les splendeurs mystiques du rêve sont les formes subtilisées de la vie et les religions et les poèmes furent fil à fil et songe par songe, tissés sur le métier séculaire des femmes patientes à la misère et des artisans humbles et pensifs.

[illegible]

❖

ᴜɴ mont s'élevait au milieu de l'île... Sur les versants et les épaulements s'étageaient des forêts bleuâtres. A leur base, une rivière aux eaux belles ainsi que celles du Ladon se déroulait en replis sonores. Une fontaine tombait d'une grotte et le bassin de roche polie avait été, pour la recueillir, approprié par la main de l'homme. La source débordait de sa vasque et suivant la pente du vallon, à l'ombre des platanes et des grands pins, courait se mêler à la rivière.

Un éblouissant réseau vibrait, de splendeurs tendues sur les collines, les pâturages et la mer. C'était le temps où les blés ondulent, avec des bruissements qui semblent des paroles, et jaunissent pour les moissonneurs. Les cigales dans les pins sonores, les guêpes, les mouches, les grillons dans l'herbe, le vol des oiseaux parmi les branches, les rumeurs du large, la brise sur l'eau et l'eau sur les pierres, tout se jouait dans la vie légère, chantait ou bourdonnait, battait des ailes, remuait les rayons sous les feuilles... Et la lumière paraissait se prendre à l'ombre bleue dans les filets de l'été.

Un troupeau bêla, de chèvres vagabondes, qui venaient du côté des terres. Un autre, de blanches brebis, parut qui cheminait en traînant sur la plage... Les chèvres étaient guidées par un pâtre et les brebis par une bergère, blonde comme la gerbe au soleil. Le long de la rivière, chaque matin, tous deux allaient ainsi l'un vers l'autre puis, par le gué, près de la fontaine, confondaient leurs troupeaux amis.

— Daphnis, à moi ! dit la jeune fille... Viens vite, je ne t'ai pas vu depuis hier... Prends-moi par la main, soutiens mes pas ! Bien que je la sache peu profonde, j'ai toujours peur de tomber dans l'eau, de ces grandes pierres glissantes de mousse.

Daphnis lui dit :

— Vois ! mes chèvres mêmes, en te reconnaissant, bêlent vers toi... Quand il faut nous quitter le soir, mon chien aussi hésite à me suivre et, lorsque tu t'en vas, il te regarde, prêt à me laisser, si tu l'appelles... Qu'as-tu Chloé, pour qu'on t'aime ainsi ?... Tu es trop belle ! Vois-tu, quelque jour, un riche entendra parler de toi... Il ira te demander à tes vieux et moi, ma Chloé, que deviendrai-je ?

— Daphnis, je me sauverai avec toi ! Je me cacherai dans les montagnes et seul tu sauras où me trouver... Oublies-tu donc ? On nous a prédit que nous serions dévoués à l'Amour pour vivre toute notre vie l'un à l'autre ?... Depuis que je le sais, je languis d'être à toi.

Daphnis entra dans la rivière. Il fendit le courant et rit de voir la jeune fille s'aventurer dans l'eau turbulente, puis haleter, saisie de frayeur. Il la prit, elle noua ses bras au cou nerveux de son chevrier ; il l'emporta à travers le gué qui l'éclaboussait jusqu'aux cheveux... Après, ils marchèrent enlacés vers le grand chêne, gardien du vallon qu'il couvrait presque en entier de son ombre... Ils s'étendirent sur la mousse, à mi-côte, vers la mer sereine. Leurs troupeaux, qui les avaient suivis, se répandirent autour des amants, les chèvres barbues sur les roches et les brebis dans le pâturage.

Alors Daphnis :

— Vois ! la mer est belle... Le soleil se joue dans ses vallées, les vagues bondissent comme des dauphins... Écoute ! Des pêcheurs sont là-bas, qui frappent l'eau salée de la rame, en chantant pour ramer ensemble et sans doute pour charmer leur peine... Car la musique aide l'aviron, la flûte est amoureuse et très douce et l'harmonie rend les maux légers... Regarde !... L'air et l'eau dorment, bleus, dans l'anse, entre les bois de la côte... On voudrait être un dieu de la mer... L'air est si bleu que tes yeux se ferment et s'ouvrent pour se reclore éblouis : et l'ombre dormante de tes cils coule de leurs paupières délicates...

O ma Chloé ! donne tes paupières ! Tends-moi tes seins et donne-toi toute !

Mais Chloé :

— Je n'ose encore, Daphnis !... Y a-t-il une abeille sur nos lèvres ?... Chaque baiser de nous qui s'y pose me porte au cœur comme une brûlure de miel.

— O Chloé ! l'Amour est doux et blessant ! Ceux qu'il a touchés de son délire conçoivent d'étranges inquiétudes et aussi de divines joies... T'en souvient-il?... Aux pommes d'automne, nous étions encore gais et tranquilles. Nous nous aimions comme deux enfants qu'aurait portés la même nourrice, endormis le même berceau, et, comme l'agneau et l'agnelle, nous nous trouvions sans nous appeler... Nous passions nos heures insoucieuses à réveiller l'écho des vallons, à voir voler la prompte hirondelle ou à prendre, afin qu'elle chantât entre nos mains, la cigale dans une cage de joncs... A présent, je n'ai plus de plaisir à ces jeux.

— Pourquoi, Daphnis?... N'étaient-ils pas doux?... Que veux-tu de moi? Par quel prodige as-tu tant changé que parfois j'ai peur ?... Quand tu es près de moi, tout mon corps tressaille, ta voix m'entre au cœur lorsque tu me parles et je suis éblouie si tu me regardes... Un jour, je t'ai trouvé là, tu dormais... Ton bras se pliait autour de ta tête, l'ombre des feuilles remuait sur ton front et tes sourcils détendus ressemblaient à un arc d'ébène... Je me penchai doucement vers toi pour me relever palpitante et, de cette heure, ma peine s'ouvrit.

— Je t'ai vue nue près de la fontaine... Tu avais suspendu aux branchages ta robe de lin pour entrer dans l'eau et tu restais sur le bord, caressée par l'air amoureux de toi... Ton pied, pour en essayer la fraîcheur, entrait dans la source cristalline... Tes bras coulaient au long de ton corps... Tu étais belle comme la lumière matinale... belle comme toi, ma bien-aimée !...

— Je voudrais l'être comme une Immortelle, car sans doute tu m'aimerais mieux.

— Notre amour ne peut grandir ni décroître... Donne-toi ici, nous serons des dieux sur la terre...

— On dit les dieux jaloux de nos joies... Diffère, Daphnis !

— L'heure est éclose !...

— Non, Daphnis ! ne me prends pas encore !... Puisque tu sais que je serai
tienne, attends que je ne sois plus effrayée... Contente-toi de baiser mes lèvres
et d'être près de moi sur la mousse, de presser ma main et d'avoir mon cœur...
Puis parle-moi pour que je t'écoute et regarde-moi pour que je t'admire !... Nous
boirons à la même coupe, nous partagerons le pain et le sel... Je me couronnerai
de feuillage et tu joueras pour moi de la flûte... L'oiseau sera charmé, les cigales
se tairont sous la feuillée... Nous serons joyeux de voir tes chèvres et mes brebis
s'approcher de nous et, suivant la mélodie, tour à tour, se rassembler dans le
pâturage ou s'acheminer vers le gué...

— Chloé, je n'ai plus souci de ces jeux... Voici que le bonheur va mûrir ainsi
que l'épi d'or sur sa tige et, comme le soleil au midi, notre amour monte en sa
saison.

— J'ai peur, Daphnis, je ne sais de quoi... J'ai peur de l'eau et j'ai peur du
vent, du pâtre qui peut nous surprendre, du chasseur au guet, du chevreuil qui
fuit...

Et Daphnis sourit :

— Vois ! la plage est déserte : les pêcheurs ont disparu de la côte et les faucheurs
des prairies lointaines... Le limier, dans les bois silencieux, laisse la biche et le
faon dormir... Voilà là-bas des champs et des blés, mais point d'hommes...
Nous vivons seuls dans notre île unique... Il n'y a que nous dans le vaste
monde.

— J'ai peur, ami ! J'ai peur du bonheur !

— O ma Chloé ! Toute la nature convie au bonheur et par lui palpite !... A côté
de toi, je suis en délire et, loin de toi, je le suis encore... Hier, nous étions deux
enfants joyeux... Or, ta beauté m'a blessé, amie !... Et je me suis étonné sur
nous et j'ai cherché vainement le calme... N'es-tu pas inquiète aussi ?

— Oui, Daphnis... J'aime mon inquiétude.

— La mienne, comme une piqûre de guêpe, m'a poursuivi dans les pâturages,
aiguillonné à travers les bois. Le repos m'a fui quand je t'ai vue belle, le désir de
toi m'a suivi partout... Mais, ma Chloé, je ne savais pas pourquoi tu m'apparais-
sais près des sources et te penchais sur mon sommeil... A présent, je connais

l'Amour ; je sais les voluptés nécessaires qui vont lier nos corps et notre cœur. .

— Daphnis, nos cœurs, à notre naissance, ont été liés au même filet... Prends-moi, ami, puisque tu le veux et que ta volonté est ma joie... O mon chêne, je serai ton lierre, et ta vigne en fleur, mon olivier...

Daphnis alors :

— Allons à la grotte d'où jaillit la source où nos troupeaux boivent. Souvent tu t'es penchée pour t'y voir et je tressaillais de désir pendant que tu souriais à ton image... A mon tour, j'ai peur des yeux jaloux, et ces boucs barbus qui nous entourent m'importunent comme s'ils étaient des hommes, et même tes paisibles brebis... Nous nous unirons en sûreté, comme le sylvain et la nymphe, dans cette grotte connue de nous seuls. Tu seras nue avec moi dans l'ombre... Puis, côte à côte, sur notre lit d'herbes et de fougères fraîchement coupées, nous nous endormirons dans nos bras, lorsque tu m'auras rassasié de miel...

Alors, sous les rameaux des lauriers s'en alla le couple ardent et doux. Ils marchaient à pas légers sur la mousse et ils s'aimaient ainsi que les dieux de l'éther, les faunes et les dryades des forêts, les rois et les reines dans les cités, les pauvres et les paysannes sous le chaume, ainsi que les oiseaux et les lièvres...

Ils disaient :

— Nos berceaux d'osier furent balancés sous des toits contigus. Nous avons grandi dans les mêmes champs, vacillé ensemble à nos jeunes pas, appris à balbutier l'un pour l'autre nos premiers mots dans les premiers rires, et nos cœurs, la saison venue, comme l'amandier et la vigne, ont fleuri à l'heure de l'amour... Voici que la splendeur de l'été semble devenir éternelle... Arrêtons ici l'heure légère... Éternisons la vie sur nos lèvres, fixons la destinée par nos cœurs...

E lac était tranquille et beau comme la nuit, où tombait l'ombre des forêts pendantes et où se regardaient les étoiles... Les montagnes portaient un grand peuple étagé sur leurs parois : des mélèzes penchés sur les abîmes et des sapins qui n'agitaient pas leur pyramide chargée de ténèbres, de clairs bouleaux, des tilleuls en fleur et des hêtres, majestueux piliers de la vaste église végétale, aux bras croisés en arceaux lunaires... Par places, leurs colonnes pressées se multipliaient fraternellement. Quelques-uns s'érigeaient sur les pentes et les promontoires comme des tours. Leur cime immémoriale couvrait des légendes vieilles comme les collines et ils avaient vu mourir des dieux...

L'eau des glaciers, par mille ruisseaux, descendait tortueusement au lac. Elle suivait les paliers des monts, tombait aux bassins par cascatelles, se dérobait en remous sonores. Des lis royaux et des églantines, des herbes aux senteurs salubres, d'autres plantes d'une vertu puissante et cachée, baignaient leur pied, ployaient leur corolle vers le miroir clair et vagabond. Dans un fracas lumineux d'écume, un gave bondissait, brisé, aux rocs ; une source, en fuyant dans l'ombre avec un tintement de grelots, semblait dire une insoucieuse et douce histoire ; d'autres, aventurées sur les pentes, sautaient échevelées dans les abîmes, comme des pleureuses inconsolées.

... Au loin ou près, je ne savais pas, tintèrent des clochettes cristallines... Là-haut sans doute, dans les pâturages, entre les claies de leur parc reposaient des brebis couchées, et leurs toisons floconneuses blanchissaient aux rayons de lune.

Au fond des bois, répondirent des clochettes pareilles et lentes. La bête qui les
agitait à son cou, réveillée d'un rêve innocent, ouvrait des prunelles sans inquiétude
et les refermait paisiblement. Dans sa hutte, le berger dormait, étendu sur les
peaux épaisses et sur les bruyères odorantes. Et plus profonde sous le ciel semblait
la solitude des montagnes, quand sonnaient dans ces bêlements et ces mélodies
mélancoliques les heures lumineuses du silence.

Un appel traversa l'espace et se répercuta dans l'écho... Quelque gardien de
troupeaux soufflait dans une corne de bœuf qui portait jusqu'aux bas-fonds
d'ombre des beuglements sauvages et sourds. On ne savait pas si c'était pour
rappeler quelque bête errante ; si dans les halliers inconnus, parmi les brouillards
qui brillaient comme de la neige vaporisée, lui-même ne demandait pas son
chemin ; s'il voulait écarter du parc de faméliques rôdeurs ; ou s'il conviait des
compagnons à quelque rendez-vous de la guerre, de rapine ou de liberté... Et l'on
ne savait pas davantage de quel temps venait cet appel, s'il tombait dans la vie
présente ou bien d'une époque sans histoire, ou si l'habitude immémoriale ne
projetait pas dans le futur les réalités visionnaires de cette pastorale de songes.

La nuit d'été tournait comme un globe, lentement, sur l'axe éternel. Les constellations et les pléiades voyageaient du zénith aux pôles... Les unes montaient
par essaims ; d'autres fuyaient, coureuses légères ; d'autres, descendues pas à pas
jusqu'au bord des côtes planétaires, immergeaient leur orbite errante dans un autre
océan du ciel... Il y en avait qui semblaient éclore, telles que des lys de lumière,
au milieu d'un jardin mystique ; et leur regard décroissant et clair paraissait être
d'âmes bienheureuses qui s'évanouissaient dans les splendeurs à mesure que leur
vol tombait en des profondeurs plus sublimes. Les scintillements inégaux étageaient
ces hauteurs béantes. Et dans l'étendue, la Voie Lactée était le grand chemin des
astres et comme une montée triomphale, ou comme le fleuve de l'espace, où roulait
l'étincelante poussière des mondes.

Alors la lune, qui jusqu'à cette heure avait vogué au niveau des cimes et laissé
traîner sur les moraines le ruissellement de ses rayons, enfin arrivée au milieu du
ciel, s'épandit sur les eaux du lac. Les parois polaires des glaciers réfractèrent sa

clarté magique ; les neiges l'irradièrent en nappes déversées. Elle tombait par torrents sur les feuillages de la forêt, se jouait en ondées dans les cascades, subtilisées par toutes les chutes en une fumée de lumière, atteignait la source dans sa vasque et la rosée aux coupes des fleurs ; elle s'infiltrait dans les ramées, ciselait les feuilles et les brindilles, s'arrêtait aux croisement des branches ou glissait le long des fûts, tranquilles comme les colonnes d'un temple, et, jusque sous les palmes des fougères, se posait aux gazons mouillés... Ainsi, par des nuits semblables, Séléné aux pas silencieux descendait dans les bois antiques. Elle glissait sur l'herbe brillante et le cerf errant sous les feuillées, en regardant passer sa lueur, arrêtait ses pas et sa ramure... La naïade agile ondoyait dans l'eau pénétrée des fontaines ; les dryades agitaient sur sa tête les feuillées augustes dans les rayons. Et les génies des chênes saluaient par un frémissement unanime la souveraine des ombres.

Alors s'ouvrit la féerie sylvestre... Des voix furent portées dans la nuit, des chansons errèrent sur l'aile des brises ; les falaises des bois taciturnes ondulèrent sur les eaux des baies ; les cathédrales des rives reçurent et rendirent de proche en proche un avertissement mystérieux ; le lac illuminé par la lune apparut, semblable à la mer... Des sporades claires et ténébreuses multiplièrent en canaux dormants les lointains des ondes, si belles qu'elles paraissaient y flotter ; des arbres y montèrent des pelouses, si hauts que les nuées par moments, comme de grands oiseaux ou des îles, planaient ou dérivaient dans leur feuillée ; si majestueux tomba dans l'espace le frémissement de leur cime, que les vents, en passant sur eux, recueillirent parmi leurs ombelles et portèrent aux forêts voisines des rumeurs graves comme des paroles ou comme d'augurales harmonies.

Un bateau parut au milieu des îles. Il vogua parmi les canaux, grandit et approcha lentement, comme dérivé au hasard d'une nonchalante fantaisie. Du mat penché, la voile pendait ; les bordages, taillés dans les flancs de quelque géant des bois vermoulu écroulé au penchant des monts, laissaient aussi pendre et traîner, dans le miroir du lac métallique, la barbe givrée de leur mousse. Une chevelure de gui tombait sur les épaules du satyre ciselé dans la proue grossière. Des battements d'ailes et des murmures semblaient pousser le bateau pesant... Et l'on aurait dit un vieillard tout à la fois insensé et sage, ou bien un dieu en décrépitude, laissant de ses paupières endormies filtrer encore d'obliques lueurs et, dans un radotage léthargique, tomber des oracles d'un autre temps.

Les sirènes, autour de sa coque, nageaient nouées en chaîne légère et leurs cheveux et leurs seins brillaient ; leurs bras lumineux frappaient en cadence les eaux lumineuses ; les voluptés éternelles reposaient dans leur ventre obscur ; en leur sourire souriait la perfidie innocente ; elles chantaient le chant de l'oubli... Et les fées volaient autour du mat : claires, joyeuses, graves, bienveillantes, sages, folles, en haillons sordides, avec des diadèmes d'étoiles, en robe d'eau, en robe de vent, jeunes comme l'onde des fontaines et vieilles comme les bois et les monts. Elles se posaient sur la voile, prenaient l'essor, rentraient au bateau par essaims, abeilles familières des songes, les doigts étincelants d'un magique butin... A l'avant, je vis assis côte à côte une fileuse aux cheveux d'argent et un vieillard aux traits pacifiques, pensif, les mains sur ses genoux. Et voilà que dans ces figures je reconnus sans étonnement May Annou, mère de ma nourrice et La Sirène le Tisserand.

❧

Tels que vivants, pareils à eux-mêmes... Elle filait, comme elle avait filé jadis, à son foyer de paysanne, sur l'escabelle ou le banc, à côté de la huche au pain. Elle filait, non le lin rustique sur une quenouille de roseau, comme aux années de sa vie mortelle... La quenouille était de cristal et le fil que tiraient ses doigts s'enroulait, tels que les fils de vierge tendus par l'automne sur les buissons, à la roue d'un rouet mélodieux... Elle filait les fils de nos rêves, l'écheveau pensif de la mémoire, la trame séculaire des contes et le tissu doré des légendes et tous les poèmes que les aïeules, devant la pierre meulière de l'âtre, dévident au chant du grillon... Elle avait eu la résignation, l'espoir naïf et l'humble gaieté, ce qui émerveille et console, ce qui entr'ouvre la porte sévère, ce qui fait le ciel familier.

Et lui, comme il avait tissé les toiles ménagères du village, ourdissait la trame des fées... Ils avaient travaillé longtemps, porté patiemment beaucoup d'années et beaucoup de peines sans révolte... Ils étaient doux, ingénus et graves, instruits en Dieu par leur longue vie. Et elle avait, jusqu'au dernier jour, tourné le fuseau héréditaire et filé ses heures en souriant ; il avait, jusqu'au dernier soir, lancé la navette quotidienne et, pauvre, n'avait pas envié. Ainsi tous deux avaient tramé les draps des lits nuptiaux et des berceaux, aussi les suaires pour la tombe, où on les avait, presque ensemble, déposés après quatre-vingts ans, enveloppés de leurs propres œuvres, endormis du sommeil des justes. Ils parlaient aux enfants candides et racontaient les choses passées... Et c'est pourquoi je les voyais là... Sans doute afin de continuer les bienfaits tombés de leurs mains, ils quittaient ainsi toutes les nuits la grande Demeure divine où les pauvres sont rassasiés.

. . . .
. . . .
. . . .
. . . .

PLAINTES

❖

Ils disent :

« Que signifient ces tristesses ? Nous sommes les maîtres des splendeurs, les princes des royaumes de l'univers. Nous avons les femmes et les peuples. Notre front figure pour quiconque voit la face impériale du bonheur ; notre histoire deviendra l'exemple élevé par delà nous-mêmes sur toutes les routes de l'avenir : si bien que le sage qui sourit au conte sublime de notre gloire, qui n'ignore pas nos amertumes, et sait qu'il n'y a de nos désillusions aux siennes pas même une différence de dédain, le sage sourit à ce mensonge avec un peu d'envie comme les autres, et comme nous notre fortune, il prend son humilité en dérision... L'ennui dont nous nous plaignons ici est plus grave que la douleur même, car il n'a plus la joie pour équilibre et atteint par suite le fond de la vie... Nous avons ce que nous avons voulu et cela n'est pas ce que nous voulions. Dans nos désirs rassasiés *autre chose* était entendu, notre espoir aura dépassé son objet d'un monde. La Nature est pauvre, ou nous sommes fous... Mais notre folie est naturelle : ici est le problème du cœur... N'est-ce donc que la sagesse de l'homme et son habileté qui sont en cause, pour qu'il se précipite de ses victoires, et ruine avec un orgueil amer toutes ses grandeurs insuffisantes ?... Si nous étions déçus par notre faute, cela vaudrait mieux : il y aurait pour d'autres l'espoir d'une fortune mieux conduite et le recours d'un génie plus calme... Mais il est douteux que nous soyons les architectes de notre édifice et c'est par là la vie qui est en cause. Or, n'est-ce rien pour nous que la vie ? L'accuser accuse la moitié du monde, et si le mal est immuable en elle, il nous faut plaider devant l'autre monde l'innocence native du mal. Nous aimons la vie, connaissant qu'elle est inépuisable pour tous les désirs, quoique fastidieuse à nos satiétés. Cependant toute grande âme rejette comme indigne d'elle le bonheur précaire, le déclarant vicié d'injustice devant la souffrance de l'univers. Mais il se peut que ces contradictions soient plus apparentes que réelles et nous travaillons pour les résoudre. Nous appelons des Révélateurs qui harmonisent la vie à nos songes, parce que ces songes sont légitimes. Et nous finirons par nous construire quelque sagesse sans inquiétude, et par réaliser pour tous les hommes l'équilibre des aspirations et des forces, sans sacrifier que le nécessaire à un idéal qui soit magnanime, et calme comme la lumière et la joie... »

PAROLES DES BLÉS

❧

Dans la campagne, les blés pacifiques s'étendaient jusqu'à l'horizon. Et la terre étant comme une aire, leur nappe était unie comme l'onde. Du ciel aussi, comme une onde immense, tombait la lumière de l'été. C'était un épanchement sans rivages, ainsi que d'un océan solaire, une fécondation de splendeurs descendue vers la terre qui l'acceptait jusqu'aux entrailles, et par ses bois, ses blés et ses vignes, ses monts et ses coteaux transparents, dans la magnificence de ses formes se donnait aux rayons du dieu. L'air était calme et en vibration : les feuillées dormaient sur les chênes et les oiseaux sous les feuillées. L'espace n'avait pas d'autres bruits que le bourdonnement universel des mouches et des abeilles sur les herbes et le crépitement des épis. Parfois passait une brise errante : lentement épandue au large, elle poussait en frémissements une double houle superposée d'éblouissement et d'or rougeâtre qui déferlait jusqu'à la forêt. Alors le peuple innombrable des grands blés barbelés parlait. La voix des eaux arrivait des grèves, atteignait les bois assoupis... Ils remuaient vaguement leurs branches, laissaient tomber de lointains murmures... De houle en houle, dans l'étendue, l'air et les bruits mouraient en splendeurs. Et les blés disaient :

« Gloire à la terre ! gloire à notre père le soleil ! toutes nos grâces au bon laboureur ! Nous dormions au fond des greniers, dans les coffres et dans les corbeilles, d'un sommeil semblable à la mort. Le laboureur qui a fendu la terre nous a donnés aux sillons vivants et par lui la terre a porté. Par lui, dans la glèbe nourricière, riche d'humus aux fumants arômes, sous les rayons du soleil d'automne,

aidés par les ondées pénétrantes et les vents du Sud charrieurs de nuages, la
germination invincible a travaillé notre léthargie, et nous nous sommes éveillés
dans les rumeurs de la Nature à notre existence renaissante. Les bruits des travaux
attardés remuaient sourdement aux guérets, la charrue passait en couvrant les
grains ; le soc entrait dans le champ propice, le rouleau nivelait les mottes, les
dents des herses déracinaient l'herbe et pulvérisaient le labour. Les pieds fourchus
des bestiaux pesaient, le souffle fumait amical de leurs naseaux laborieux ; et
leurs mugissements étaient doux, qui répondaient aux appels des hommes comme
la parole de la terre, acquiesçante à l'esclavage nécessaire des bêtes, à la déchirure
du fer... »

Ils disaient encore :

« Bonne est la vie ! la terre fait des ouvriers gais et rudes. Celui qui labourait
où nous sommes a chanté jusqu'au dernier sillon. Celui qui nous semait a chanté.
Le pâtre dans les chaumes d'hiver, au milieu des brebis qui broutent, regarde sans
tristesse les nuées dérober l'ampleur des campagnes et jeter sur les bois rouillés la
nappe enveloppante des brumes, le terne égouttement de la pluie. Le paysan
traîne des sabots pesants, le soir, par les chemins défoncés ; ses bras, comme un
balancier fatigué, se meuvent, équilibrant son pas lourd ; ses larges reins et son
cou épais se courbent aux servitudes de l'argile ; mais son cœur est peu mélancolique, et il se réjouit au foyer. Chantera l'enfant dans les friches, le faucheur d'ajoncs
dans les halliers. Le chevrier, sous sa peau de bique, à l'ombre des hêtres de
montagne, jouera de la flûte de Pan. Le meunier gouvernant ses meules, le
bouvier sur les chariots lents, le vigneron pétrissant les grappes chanteront aussi
les chants de la terre ; et la fille de la métairie, rencontrée par le gars qui siffle,
accueillera son ami en riant. Ainsi la glèbe âpre et magnifique donne à tous les
êtres la joie qu'ils lui rendent. L'alouette, des sillons au soleil, emporte une âme
humble et lumineuse. Les joies ailées vont partout chantantes... »

Ils disaient :

« Au printemps nouveau nous avons ondulé par nappes. Et par nous, la
campagne était comme une prairie bleuissante, d'où les bestiaux, tentés au passage,

s'écartaient avec déplaisir. Notre herbe, repliée sur soi-même, frémissait au vent fort ou léger ; et la lumière était caressante qui courait aussi sur nous par ondes, plus joyeuse aux matins dorés, plus sereine aux déclins des soirs... La caille et le lièvre lascif abritaient leurs ébats en nous, dans la forêt des blés tutélaires, dont l'épaisseur et les senteurs vertes défiaient l'œil de proie des milans, dépistaient le nez du chien d'arrêt. Nous grandissions, et déjà la vieille, courbée sur le sarcloir, ou arrachant pour ses oisons l'ivraie et l'avoine, quand elle redressait avec effort son dos rouillé au-dessus des tiges, s'étonnait de les voir si hautes, s'affligeait d'être si bas courbée vers la glèbe et disait pour se rassurer : « Ce n'est point la » terre qui m'appelle, car je suis aujourd'hui comme j'étais hier... mais ces blés sont » grands, on y disparaît... bientôt ils me cacheront tout entière, c'est comme une » grâce de Dieu... » Nous avons monté au soleil, nous avons monté sous la lune. Et l'homme qui venait le dimanche disait de même : « C'est gloire de Dieu. » Car nous élaborions nuit et jour la tâche éternelle des campagnes, et la fermentation universelle fleurissait dans les blés mouvants... Travail de l'homme, travail de la plaine, des oiseaux au nid, des fleurs dans les prés, vous faites les échanges de la Nature, et la fécondation réciproque de chaque pensée humble ou souveraine, répartie en ses créatures... »

Ils disaient enfin :

« Bonne est notre œuvre ! la voici presque terminée... Le laboureur, après la journée, présentera ses paumes calleuses, le sage offrira ses pensées... Donnons à l'homme les gerbes promises et rendons sans regrets la vie. Voici que notre épi fatigué penche lourdement sur sa tige, comme un génie accablé par les magnificences qu'il porte, incline du désir au sommeil... Bienvenu donc soit le moissonneur ! Saluons la faucille nécessaire ! Chaque existence doit être accomplie, tout labeur vient à l'achèvement, chaque destinée à l'harmonie. Le même éternel Moissonneur engrange les créatures patientes à toutes les minutes du temps, et pour les froments et les hommes, il a tous les greniers de la vie.

» Nous serons portés dans les granges, nous serons gardés dans les greniers. Épuisons nos heures lumineuses, mourons du soleil qui nous fit vivre, buvons-le jusqu'au dernier rayon ! Notre maturité expirante marque dans l'année sa splendeur, et belle dans les heures de la saison sera notre agonie pacifique... Déjà, sur les prairies, les herbes du printemps, travaillées par l'ardent été, ont répandu au vent leurs semences, et tombent sous la faux par jonchées : les jeunes filles, avec leurs rateaux, les étendent et les retournent, puis vers le soir, en meules multipliées, élèvent leurs rangées odorantes. Tandis que les faneuses reviennent, agacées par leurs gars joyeux, le maître, conducteur indolent, marche l'aiguillon sur l'épaule, devant les bœufs attelés, dont le frontail couvert de fougères et l'échine sous un drap de lin se meuvent lentement, environnés d'un essaim de mouches importunes. Ils emportent les foins en montagnes et l'essieu crie dans le soir sonore entre les talus des sentiers. Les branches s'opposent aux chariots. Les vastes aromes des prairies passent des vallées aux campagnes. La brise nous porte des voix lointaines... Alors, quand le soleil élargi qui nous a mûris depuis l'aube descend et pacifie ses splendeurs, nous agitons nos ondes bruissantes, et notre peuple émeut de son âme vers la beauté de la terre, ses graves, mais tranquilles regrets... Et la nuit encore, quand l'homme dort, quand les bestiaux déliés du joug ruminent couchés dans l'étable ou vont errants dans le pâturage, par les nuits d'étoiles solennelles, par les nuits de lune plus amies, nous élevons aussi dans l'espace la douce harmonie des adieux... »

Ils reprenaient :

« Demain, dès l'aurore, les hommes viendront avec les faucilles. Ils ouvriront la tranchée mortelle. Nos pailles que l'acier coupera avec un résonnement métallique couvriront la terre en javelle, et l'épaisseur de la jonchée présagera la gerbe coulante. Ils travailleront depuis l'aube, ils s'arrêteront à midi. Les moissonneurs et les moissonneuses mangeront autour des corbeilles, puis s'étendront pour se reposer à l'ombre des haies de clôture ou de quelque chêne étêté : ils sommeilleront pêle-mêle épuisés de chaud et de fatigue, au chant des cigales, au bruit des grillons, comme les moissonneurs d'autrefois, comme les ouvriers de demain, dans les campagnes antiques... Notre javelle sera nouée en gerbes, nos gerbes seront portées jusqu'aux granges et s'écrouleront en monceaux pour les airées opulentes. Sous les fléaux et sous les rouleaux, sous la dent vorace des batteuses, l'épi crevé donnera son grain : et les grains lourds, secoués dans les vans parmi la poussière de la glèbe, seront versés des vans dans les cribles, des cribles dans les boisseaux de mesure. Il y aura du pain pour les fileuses et les oiseaux aussi glaneront... Dieu de la terre, Père du Soleil, Maître des eaux et des jours propices, donne aux villages la joie rassasiée ! épargne les grêles aux campagnes, la discorde aux foyers d'argile... fais beaux les blés pour l'homme des plaines, et multiplie les hommes pour toi !... »

Platon dit :

« La sphère est harmonie… La lumière est l'harmonie de l'espace… La vie est harmonique à la mort et les choses naissent de leurs contraires… Toute belle action est une harmonie et un beau corps, la statue du temple, un livre sublime semblablement… Les nombres et les rythmes correspondent… Le globe est harmonique à son ciel, la forme à l'Idée, l'univers à Dieu… Mais le mal est contradictoire… Que l'esprit s'épure et méprise les voluptés… Médite ! la science suprême, incluse en ton propre esprit, est trouvée au prix de la vertu et du calme ; elle y est incluse par identité… Par quoi, tu t'attacheras à te connaître. Te connaissant, tu t'élèveras à l'Idée divine, mère et motrice, d'où tu descendras pour relier par la dialectique la chaîne des créatures à Dieu… Ces choses sont certaines quoique obscures. Les hommes, qui les connaissaient autrefois, maintenant dans les ombres de la caverne, se les rappellent et ne les voient plus. C'est pourquoi il convient qu'ils obéissent aux philosophes, qui sont institués au-dessous des dieux pour ordonner la cité terrestre… »

Hypérion, fils de Mégaclès, et Lamon l'aède, fils de Gaor, causaient sur le rivage du fleuve, à l'heure où le soleil s'incline vers les eaux.

HYPÉRION

À pareil jour, nous sommes arrivés à Pallantyre. Les mercenaires qui gardaient la porte de Cos nous arrêtèrent brutalement et nous interrogèrent avec méfiance, car le tyran Eusthénès, qui tenait par eux la ville en esclavage, pesait lourdement sur leurs propres épaules et punissait chez ses satellites les plus légères fautes comme des crimes. Mais voyant notre jeunesse, nos sandales, nos bâtons d'olivier et notre panetière de campagnards, ces gardes nous laissèrent passer. Tu sais comment je venais d'apprendre, par Eutymédon, mon nourricier, la chute de mon père Mégaclès. Il m'avait dit sa fuite de lion, sa mort sereine et presque d'un dieu sur le rivage, avec ses suprêmes et brèves paroles, que j'étais de la race des Héraclides et de me sauver pour la liberté. Je m'étais cru jusqu'à ce moment fils et petit-fils de potiers d'argile. Je fus comme un chasseur qui, marchant par des chemins inconnus, atteint de nuit le faîte d'une montagne... Au matin, la terre se découvre : campagnes, collines, bois, vallées, rivières, versants chevelus, cimes baignées d'aube... La mer se découvre aussi : promontoires, golfes et sporades, îles, carènes, ondes infinies, plages lumineuses, vagues

cabrées... Je te disais toutes mes pensées et je te confiai cet éblouissement...
La Terre était pour nous le chemin de l'Olympe. Tu chantais des hymnes resplen-
dissants, beaux comme ces coupes où les Immortels boivent les breuvages célestes,
et tu me suivis par amitié.

LAMON

Tu étais semblable à l'Hermès ailé...

HYPÉRION

Nous partîmes avec allégresse et regrets... Car j'aimais mon père Eutymédon,
Porphyros mon frère, ma sœur Mælampia... Mælampia qui avait le désir de toi...
Elle était brune comme la terre et joyeuse... C'était elle qui cuisait notre pain...
Je la vois, ses bras nus saupoudrés et ses noirs cheveux gris de farine.

LAMON

Je la vois aussi.

HYPÉRION

Je laissais Laödamia, qui avait un corps de liane blanche, fille de Pélias, homme
vieux et cordial. Nous nous aimions, depuis que je l'avais trouvée endormie près
d'un ruisseau. Elle songeait, m'avait-elle dit, d'enfants rieurs qui grimpaient sur
elle ; ils couvraient de baisers ses seins et ses épaules et ils écrasaient sur sa
bouche des grains de grenade et de raisin... Elle riait et voulait courir importunée,
ils l'avaient fait tomber sur la mousse... On publie, Lamon, que j'ai été aimé par
des déesses...

LAMON

Tu t'es rendu presque fabuleux.

HYPÉRION

Mais c'est Laödamia que j'ai aimé... Entrés dans la ville, nous tinmes conseil.
J'avais cru qu'il me suffirait de crier mon nom par la place publique et de frapper
au cœur du tyran mon coup d'épée juvénile... Je compris qu'il convenait mieux,
pour mon peuple et moi, d'entraîner à sa liberté ce peuple en léthargie par le grand
chemin des grands actes.

LAMON

Il t'a suffi presque partout de paraître, tu avais la victoire dans tes yeux. Et quand tu délivras la cité, cette libération s'accomplit comme par la puissance d'un immortel... Tu ramenais trois cents trirèmes, prises en deux jours de combat. Tes navires enveloppaient par les deux ailes cette flotte vaincue qui semblait une ville de la mer et ta galère, voguant devant, paraissait l'entraîner dans ton sillage. Le tyran debout sur le môle palissait en la voyant approcher... Tu avais endossé pour la première fois l'armure du héros Mégaclès, et l'aigle d'or posé sur ton casque éployait ses ailes foudroyantes. La cité tressaillait comme la terre, lorsque le printemps près de paraître émeut les campagnes jusqu'aux entrailles. Quand tu posas le pied sur les dalles qui montent du port à l'Acropole, ta ville te reconnut ; les poitrines de tous éclatèrent en rugissements d'allégresse et le Jupiter insensé qui régnait ici comme la peste s'effondra dans cet ouragan. Depuis, tu as écrasé les Barbares, contenu tout ennemi... Tu as réconcilié ces rivales, Pallantyre bâtie par tes ancêtres et la sauvage Cydné, ma patrie, qui t'a nourri dans ses forêts. Les deux cités, réunies par toi selon des lois fortes et amicales, composent un état dominateur.

HYPÉRION

Ils veulent me faire roi, tu le sais.

LAMON

Ces hommes, avec de bonnes intentions, jugent des grandes choses en pauvres gens. Je ne connais pas ton dessein et m'en repose simplement sur toi... Toute effigie doit être sculptée selon une pensée eurythmique... Ainsi, que le héros soit son statuaire...

HYPÉRION

Je déciderai d'après l'utile, pour eux, non pour moi, plus jaloux de persuader des hommes que de tenir en lisière des enfants. Il y a longtemps que je ne me limite plus à moi-même, et tu vois que nous nous comprenons... Ma gloire, et j'en fus bon artisan, est une statue grave et posthume, une déité mélancolique... Restera d'elle ce qui reste des ombres, tout ou rien !... Venu où j'en suis, cela me paraît presque indifférent... Mais il faut agir suivant l'utile.

LAMON

Comment connaître l'utile ? Quand il s'agit d'autre chose que d'abattre un arbre de charpente, de tresser une corbeille ou de cuire une jarre de ménagère. Ce qui est utile à la fourmilière perdra d'aventure la fourmi. Et qui, de la multitude ou d'un citoyen, sera sacrifié selon la justice ? Les lois rigoureuses et bienfaisantes, qu'on grave sur les tables de marbre ou d'airain, participent de l'incertitude humaine ; cependant elles relèvent de l'harmonie... L'ordre est immuable ; l'homme éphémère veut être immortel ainsi que les Olympiens... Moi-même, qui ne suis qu'une voix, comme le vent et l'eau dans la forêt, je me désire tel qu'un Dieu futur, pensif sur le rivage du temps... Et je conseille la sagesse, que je ne connais pas.

HYPÉRION

Il y a des clartés suffisantes. Voyage sous la lune amicale et sous les étoiles, dont l'orbite est, dit-on, une courbe non fermée. Concède quelque chose à la fortune, en tes pensées ainsi qu'en tes actes, et ne crains pas de jouer aux dés ta sagesse.

Pas à pas, le prince et l'aède gagnèrent, sous des platanes dont les feuilles clapotaient au vent du soir comme de l'eau, la hauteur qui dominait la cité. Dans la plaine, roulaient des chariots traînés par des mulets ou de grands bœufs, entre des campagnes de blés et des vergers d'oliviers. L'estuaire du fleuve s'ouvrait à l'Occident comme un vaste lac d'où s'élevaient des chansons marines ; car des bateaux de pêcheurs passaient, soit vers la mer, soit vers le rivage, l'antenne repliée ou la voile ouverte et les bateliers chantaient en ramant... Les murs, les temples, les hauts frontispices de marbre, les mâts des vaisseaux dans le port, les tours de la ville industrieuse d'où montait un bruit de grandes ondes se doraient au déclin du jour ; et les jardins se doraient aussi, parsemés dans sa large enceinte comme des îles de verdure... De la campagne et de la cité s'érigeaient des fumées paisibles, telles que les colonnes du ciel.

LAMON

Je vois en ce moment toute ma vie se peindre, réfléchie dans ma pensée comme cette étendue de terre et d'eau. Et je me rappelle le soir, beau et propice comme celui-ci, où nous entrâmes dans l'Océan qui baigne les côtes de la Bétique, après avoir passé les colonnes d'Hercule. Aucun vaisseau grec ou phénicien n'avait labouré ces déserts d'ondes. Nos matelots parlaient de physétères, de sirènes et de monstres inconnus ; ils parlaient de calmes éternels, de prairies sans fond d'herbes stagnantes où paissaient les troupeaux de la mer.

A l'avant de ton navire, il y avait une Victoire de marbre. On l'érigea près du môle après notre retour, sur un piédestal en forme de proue : afin qu'elle inspirât à la cité future le mépris des astres contraires et des vents, la certitude et la jeune joie de perpétuer notre gloire

Ni la naïade des grottes, qui se joue dans les eaux légères, la dryade balancée sur les rameaux, ni les nymphes claires qui, dans les prairies, nouent leurs danses aux rayons de la lune, Héra, ni l'Anadyomène elle-même n'apparurent en une effigie plus sublime.

Pourtant les bois, l'air et l'onde composent les déesses du ciel et les déités de la terre. Elles se donnent aux chasseurs du Pinde, aux pâtres du Mysis. Elles sont jeunes comme l'Aurore ; leur chair fut tissée dans les splendeurs; la vie et le mystère de la Nature s'épanchent en ces urnes d'harmonie.

Mais celle-ci est l'inspiratrice. Raison claire, Athéné humaine, elle paraissait sous les étoiles l'œil et la lumière de l'étendue. Tu étais la plupart du temps près d'elle, augurant, d'après des signes qui nous échappaient, la route connue d'elle et de toi, si tranquille, que les plus timides élevaient leur cœur à tes desseins.

Je m'asseyais aussi près d'elle. Et souvent tu me vis méditer, tandis que dormaient tes équipages. L'auguste blancheur de la Déesse invitait aux pensées sublimes. On croyait qu'elle nous rendait la mer belle, les brises dociles, les constellations amicales. C'était dans le temps alcyonien. Le veilleur de proue et celui du mât n'avaient rien à signaler que les heures, qui étaient mélodieuses et transparentes.

Je songeais :

« Divine ! Image de vertu ! Je veux me forger un cœur où tous les vents n'émeuvent que de claires harmonies... Ceux-ci qui dorment à côté de nous se reposent sur la mer sereine. Tu les rassures, en ces eaux sans rivages naguères peuplées pour eux de prodiges. L'homme est un enfant que la Nature enchante de merveilles et de frayeurs. Maintenant leur sommeil les berce parmi des mirages de Toisons d'Or, d'Hespérides et de fabuleuses voluptés.

» Nous, Déesse, nous serons contents d'imposer à l'Océan nos vaisseaux, de reconnaître les contours du monde et d'aller plus loin qu'aucun n'alla. Et ceci nous restera, si les Dieux qui furent jaloux de Prométhée nous refusent la gloire d'accomplir : que nous avons entrepris, sachant que notre courage était humain et cette aventure pas plus qu'humaine. Car l'homme a droit sur toute la terre et d'usurper sur les Olympiens.

» C'est pourquoi tes bras sont tendus, l'un vers l'horizon, l'autre aux astres, pourquoi tes ailes éperdues s'éploient comme si tu t'élevais de quelque promontoire du ciel, pourquoi Esprit, ton corps suit tes ailes, d'un vol qui prend sous son orbe la terre et la mer.

» Et lorsque l'Aurore, ô Lumineuse ! qui vient des rivages de la patrie, colore de ses roses clartés nos mâts, nos antennes, les vagues et Toi, ton front est sublime alors comme elle ; le voile tissé d'air de ton marbre révèle ton impériale splendeur. Alors tu es grande comme l'Aphrodite, éclose entre nos îles au printemps du monde ; comme l'Harmonie, tu es belle et tranquille... Tu ne t'irrites point : l'Océan éclabousse tes pieds divins de ses lames, ainsi qu'une tempête vaincue ! »

HYPÉRION

Ce voyage fut heureux et grand, quoique poussé, j'en dois convenir, jusqu'à cette limite où l'audace change de nom et devient folie. Tu sais d'où je ramenai mes équipages, de quelle terre vaste, fertile, couverte de forêts et coupée d'eaux courantes, mais trop lointaine pour être colonisée sans imprudence, reste, probablement, de l'Atlantide engloutie.

— 33 —

LAMON

Oui, probablement.

HYPÉRION

Ni toi, ni mes matelots, n'avez vu la ville morte écroulée au bord du golfe oriental. Ses ruines m'instruisirent sur la gloire, pour laquelle, jusqu'à ce moment, j'avais pensé qu'il me fallait vivre, et sur la qualité de la renommée qui convient aux hommes ou aux enfants. Tu sais comment, la mer menaçante, nous avions, non sans de terribles efforts, abordé au coucher du soleil la terre inconnue et, dans un havre, ancré et amarré sûrement nos vaisseaux. Pendant la nuit, une tempête éclata. Des coups de tonnerre, des nuées spectrales, des météores, les vents qui passaient sur la terre ainsi que des souffles de destruction, le combat des vagues et de la côte, les feux que vomissaient les montagnes sur ce chaos d'obscurité, d'air et d'ondes, épouvantèrent les marins. Ils s'écrièrent que les dieux de l'île nous repoussaient, qu'on allait périr et ils se lamentèrent comme des femmes.

Je te confiai de les rassurer. Je voulus mieux connaître cette terre, qui me paraissait sauvage et belle. Laissant mes rameurs au rivage, je m'aventurai seul et je gravis une âpre colline ou plutôt un mont, d'où je découvris d'autres îles petites et grandes, une vaste rade et, dans le fond, la cité sans peuple.

Je descendis, ému et curieux. Et je vis des ruines colossales, d'énormes pans de murs, des colonnes de jaspe ou de marbre abattues, d'autres restées debout et plus hautes que les plus vieux chênes de Cydné, quoique sveltes comme les palmiers de Délos. Je ne parcourus pas toute la cité, mais seulement la partie voisine de la mer. Ses débris emplissaient l'horizon. Vers le port ensablé, reconnaissable encore à ses quais et à leurs balustrades, descendaient de place en place de puissants escaliers de porphyre rompus. Des arcades aux courbes lumineuses, des blocs d'une pierre transparente et rosée comme la chair des femmes élevaient leur voûte aérienne, enfonçaient à demi dans l'herbe leurs plans, où s'effaçaient de vagues bas-reliefs... On reconnaissait de larges voies, des amphithéâtres et des carrefours, les emplacements de vastes jardins... Point d'enceinte, pas de citadelle, ni de tours murales, soit que, chef auguste d'un noble empire, cette ville n'ait ou besoin pour se défendre que de sa majesté et de son nom, soit que les hommes qui l'ont bâtie fussent pacifiques et forts.

Les cités violentes donnent à leurs pierres la chair des supplices pour ciment. Moi-même, dans les lois que j'imposai, j'ai dû me souvenir que la Nature crée les hommes cruels et pusillanimes et que la paix n'est qu'une guerre atténuée. J'ai ordonné des peines utiles, sachant que la terreur vient des dieux et qu'elle gouverne la vie et la mort.

Mais la peur est servile. Ces grandes ruines m'attestèrent un peuple très doux... Je ne le crus pas innocent... Le Génie de la cité morte, en me parlant je ne sais en quelle langue, ne démentit pas l'histoire des hommes... Il n'y a jamais eu dans nos servitudes que la différence du plus au moins. Seulement, cette différence est ce qu'on estime la tyrannie ou la liberté ; elle mesure le chemin de l'homme.

Je me dis : « Ces arcs de victoire ont exigé des siècles de guerre... Le peuple émut ici des tempêtes, et la République a pesé le poids du Destin sur ses vaincus... Ce port, où sans doute ont afflué les vaisseaux de toutes les nations, ce môle qu'encombrèrent les cargaisons, la magnificence de tant de palais n'ont-ils pas dévasté un monde ?

» Cependant rien ne paraît barbare. Ces édifices, presque de Titans, sont grands d'une majesté structurale. Ces colonnades ont porté des voûtes, dont la coupole imita le dôme du ciel et fit monter à soi les pensées. Des dieux légers ont vécu ici.

» Voici les statues qui les révèlent... Et ces effigies sont sublimes, et sublimes les ruines de leurs monuments. Elles attestent la grandeur d'un peuple qui réconcilia la sagesse et la volupté dans la grâce. Il sut interroger la Nature et disposer des harmonies et des forces... Il évapora de son âme la cruauté avec la terreur et, résolvant en haut équilibre et dans la joie son énigme humaine, se fit sereines la vie et la mort.

» Images de beauté! reines de gloire!... Vous êtes abattues près de vos socles et brisées pour la plupart... La Terre vous submerge lentement... Quels Dieux ou quels héros figurez-vous? Déesses, n'êtes-vous que des femmes? Le soleil et le vent marin vous ont hâlées comme des paysannes et, sous les hautes palmes balancées, l'ombre alterne avec les rayons aux contours de vos corps augustes, où reposent selon l'eurythmie l'esprit silencieux de la Nature et la majesté du passé.

« Les grands aigles planent sur ces ruines... Des oiseaux de rubis et de saphirs bourdonnent à la pointe des roseaux, sur les baies des lacs intérieurs ; les cerfs et les chevreuils familiers y boivent devant moi sans inquiétude... Ces arches sont des portes inutiles... Ces voies ne mèneront plus nulle part... Les pins du rivage projettent leur ombre millénaire sur ces décombres... Bientôt disparaîtront leurs débris dont notre Pentélique est humilié, repris et désagrégés par la Nature, qui ensevelit tout dans la vie... »

Lamon, Hellas aussi doit s'éteindre et ses Dieux mourront... Ce spectacle m'a fait réfléchir sur la gloire.

LAMON

La gloire est belle !

HYPÉRION

Oui, belle et austère...

LAMON

N'est-il pas vrai que tu l'as aimée plus que la vie ?...

HYPÉRION

Elle fut pour moi comme une Aphrodite qui m'ouvrait son lit. Maintenant, elle est une grave inspiratrice... Ainsi, nous avons vu les Hespérides ?...

LAMON

La mer où nous avons navigué recouvre un continent vaste comme l'Asie. Là vivaient des hommes meilleurs que nous... Ils avaient, dit-on, un génie heureux et des lois parfaites... Il subsiste de ce continent quelques îles, celles probablement où nous avons abordé. En d'autres, plus belles et plus lointaines, on prétend que les héros et les sages jouissent d'une immortalité bienheureuse.

HYPÉRION

Que crois-tu de ceci, Lamon ?

LAMON

J'en crois complaisamment mes désirs. Dans ces îles, dans ces Fortunées ou dans les prairies élyséennes, j'aimerais m'asseoir, couronné des fleurs du monde inconnu, et baigné d'une lumière pénétrante qui serait mon élément et mon corps. Avec les aèdes et les sages, avec toi, j'aimerais m'entretenir de tout ce qui touche les esprits. J'aimerais aussi, quelquefois, me souvenir de ce que nous fîmes et entendre les rumeurs terrestres comme une tempête apaisée. J'écouterais l'harmonie des planètes et je verrais la vie transparente.

HYPÉRION

Et je m'associe à ton souhait... Mais prends garde que, dans ce noble désir, tu ne fais que regretter et perpétuer la vie, ta vie mille fois, comme la mienne, exposée aux glaives de la guerre, aux dangers de la mer, aux houles séditieuses de l'Agora, non sans des voluptés magnanimes... Nul n'y renonce sans mélancolie ; et le valet d'armée, l'esclave même rêvent pour leur ombre un sommeil léger... Je n'y contredis point. Cependant que cette espérance soit pour nous comme le désir de la gloire, subordonnée à un plus haut objet.

LAMON

Et quel plus haut objet, Hypérion ?

HYPÉRION

Toi-même... Ton esprit, ton âme, comme tu voudras, l'essence héroïque de ton être, distincte de tes viagères pensées... Accueille amicalement celles-ci, car elles te viennent du monde, qui ne t'est pas ennemi. Tu vis au centre du monde et au confluent des biens et des maux, comme les Dieux, et tous les rayons de l'univers aboutissent à l'œil attentif... Fais-toi un œil qu'ils ne blessent point ; deviens le maître de claires pensées.

LAMON

Apparemment, tu conseilles ceci par prudence ?

HYPÉRION

Par prudence, si tu veux...

LAMON

Ou par grandeur d'âme... Dans les deux cas, tu me parais exiger beaucoup.

HYPÉRION

Rien de plus que la simple vue et le sens droit : ce qui est indispensable à l'orateur, au stratège et à la sentinelle, au marchand et au paysan.

LAMON

Hélas ! notre œil à tous est opaque : c'est cela qui trouble notre cœur... A toi de t'élever en souverain au-dessus de tes actions et de ta croyance ; je ne saurais... Par exemple, tu veux qu'obéissant aux lois, j'en pénètre et l'imperfection et l'utilité, en quoi elles peuvent être corrigées, le temps et les limites de l'adhésion... Ainsi de la patrie et des Dieux, de l'immortalité dont nous rêvons. Tout espoir vital, tout désir sublime, il ne me faut pas l'étouffer, mais je n'y dois céder qu'averti. Tu penses qu'un recours m'est nécessaire contre l'incertitude et l'illusion et que je trouve ce recours en moi, qui suis un ouvrier d'illusions !...

HYPÉRION

A qui, Lamon, sinon à nous, de détruire nos propres erreurs ? Comment les détruire, si tu les adores ?... Espères-tu qu'un dieu t'avertisse ? Les Dieux, lorsque nous les consultons, nous jettent des oracles ambigus... Les grands aèdes, à ce qu'on raconte, furent inspirés d'Apollon et certains sages eurent des démons familiers... C'est parce qu'ils étaient naturellement sages ou qu'ils l'avaient su devenir, et leur génie était leur démon... Ainsi du plus divin des poètes, du grand Voyant qui n'avait plus d'yeux, pour qui Mnémosyne a mendié... La vie, qui l'avait roulé comme une épave, ne l'avait pu submerger : mais, ayant utilisé, ainsi qu'un dieu, ou un artisan, ses biens et ses maux, il rythmait sous son vaste front les grâces et les tempêtes de la Nature... Contemple donc les Dieux dans ton cœur : tu les y verras pareils à toi... Élève ton cœur : par cela même, tu te créeras des dieux plus parfaits.

LAMON

N'est-ce pas les détruire ?

HYPÉRION

C'est tout au plus briser des effigies insuffisantes. Tu me crois mal persuadé des dieux, comme de l'immortalité pour nos âmes et tu te méprends : je sais ce qu'il faut rendre aux Olympiens et que le double cœur de la cité bat à l'agora et dans le temple. Magistrat suprême, je préside aux prières et aux sacrifices ; je connais la vertu des rites et ne me sépare pas de mon peuple, lorsqu'il supplie le ciel ou lui rend grâces avec une ferveur unanime, aux heures solennelles de la patrie. Mais les hécatombes et les prières accusent à la fois l'indigence des Olympiens et la faiblesse des hommes.

LAMON

Nous sommes, il est vrai, des enfants : comme ceux-ci accusent et frappent l'arbre ou la borne où ils ont trébuché et prêtent à tout objet, dans leurs jeux, un vouloir méchant ou amical, nous peuplons de génies légers l'air et l'onde, les ténèbres de spectres et de lamies... Mais les dieux, du moins ceux qui ordonnèrent et qui gouvernent la cité du monde, résident au cœur profond de la Nature, d'où ils se sont révélés à nous. Quelle image en créeras-tu dans ton âme qui soit plus belle que celle du temple ? De quelle puissance paternelle ou de quelle accablante majesté les doteras-tu qu'ils ne possèdent ? Y croiras-tu, si dans ta pensée tu les vois naître, grandir, régner et mourir sans doute ?... Peux-tu vraiment te passer des dieux ?... Et... rappelle-toi Prométhée ?

HYPÉRION

Il a donné ce qu'il prit au ciel… Et Celui qui a cru le punir s'est déclaré jaloux, pauvre et avare… Pourquoi épaissir de cauchemars le mystère infini des choses?… Le mal du monde pèse sur les Dieux et c'est une vue mélancolique… Disculpe-les par le vieux Destin !… Il est le seul d'entre eux que l'on accuse vainement et sans justice, car il ne connaît pas ce qu'il fait. Les événements qu'on lui impute sont des chocs d'atomes ou de royaumes, de rocs et de navires, ou de globes dans l'étendue qui chavirent et se pulvérisent, peut-être pour l'ensemencement enflammé d'une terre !…

LAMON

Oui, c'est une vue mélancolique !… La pensée du mal universel a fait souvent vaciller en moi la certitude. Mais cette pensée est-elle juste ?… Les biens et les maux se font équilibre… Et sans cela la vie s'éteindrait, qui se perpétue, jamais diminuée, en ses destructions et ses renaissances. Elle roule, dans ses ondulations eurythmiques, une joie héréditaire et sauvage de nuées qui volent, de vagues émues, d'ailes dans l'orage et de voiles au vent, de héros tranquilles dans les tonnerres et de soldats acclamant la mort, une joie d'esprits, de chants et d'oiseaux, d'abeilles sur les fleurs des blés et d'atomes dans la poussière du soleil… Tout ce qui vit est voué à périr et nul n'y prend garde… L'agneau bondit; l'adolescent suit à travers les prés la jeune fille et rit aux glaives nus comme à l'amour… Le sage est attristé par ses pensées, le héros blessé par son propre cœur, mais ils méprisent les vaines tristesses et ne succombent pas à ces blessures… Notre univers est pourtant lugubre et toute plaine de moissons pourrie de supplices et de cadavres autant qu'un marécage de l'Hadès… Les Dieux, ailleurs joyeux et faciles, sont muets dans l'antre du Destin… Nul statuaire n'ose figurer cette divinité de granit. Elle a la face vague du Sphinx et la hauteur d'un mont dans les brumes, l'âpreté des roches hivernales, l'obscurité des cachots bourbeux. Ses yeux sans paupière fascinent quand ils ne tuent pas. Et l'homme qui les a rencontrés ne sait plus où poser le pied quand il marche et tombe en des gouffres de stupeur… Au-dessus du Destin, plus formidable encore, est l'ombre du Dieu Inconnu !

Que penses-tu du Dieu Inconnu ?

Qu'en puis-je savoir, penser et dire ?... Le temps, ni l'air, ni l'eau ne le bornent, non plus les étendues stellaires... Est-il l'univers ? N'en est-il que l'âme ? Celui qui possédera son essence sera son égal, ou plutôt Lui !...

Il te faut néanmoins comprendre humainement et délimiter ce vaste Dieu... Les Olympiens qu'il anéantit rentreront rapidement dans son ombre, et c'est Lui que tu devras prier. Suivant quels rites ? par quelles paroles ? par quels sacrifices ou quelles œuvres ?... Sera-ce dans la joie et la sérénité, ou comme un esclave balbutiant ?... Considère qu'impérieusement tu as à trouver en toi ces réponses.

Voir l'Invisible ! circonscrire Tout !

Il ne s'agit que de reconnaître sa nature, comme un pilote, sans en approcher, gouverne prudemment autour d'un mont marin... Ses attributs d'ailleurs, n'en possèdes-tu pas quelques-uns, aimer, comprendre, l'action, la vie ?... Conclus de ta faiblesse à la toute-puissance, de ta raison à l'esprit, de ta durée au temps sans rivages... Magnifie ta propre image, elle deviendra celle du dieu... Et considère vers quel pôle tu tournes ta pensée et ta vie. N'est-ce pas, du moins par le désir, vers la justice, invariablement ? Et n'aimes-tu pas dans la justice ton bien et celui de tous, l'ordre, la sagesse et la clémence, la sûreté intime et civique, la liberté, c'est-à-dire le pouvoir de développer et mouvoir ton être suivant l'harmonie ?

J'en conviens... Le dieu sera, comme nous-mêmes, délimité par le juste et l'injuste.

HYPÉRION

Sous peine de tyrannie... Et pour moi, je pense qu'il assiste à notre labeur comme Celui qui convie à soi, plutôt qu'en juge ; car ce serait, même humainement, une pauvre et inéquitable justice, que celle qui ne consisterait qu'à juger. Rejette donc comme indignes de Lui les sentences, récuse l'arbitraire des grâces et repousse le compte strict des mérites et des démérites ainsi qu'un mémoire d'usurier. La mélancolie tombée du Dieu Juge deviendrait une démence héréditaire infiltrée dans les os de l'homme et dont serait vicié l'univers. Mais, de même que l'Océan céleste se superpose à l'autre Océan, croyons qu'il s'étend au-dessus du monde comme l'élément où la vie se meut, pour qui toutes les choses s'élaborent et qu'Il est, en somme, une Aspiration et un abîme où vont s'engouffrer les créatures. Plus est grand le Dieu, d'autant tu dois vivre en certitude et sérénité, n'ayant pas à craindre d'offenser en Lui des insuffisances.

LAMON

J'admire cette royale certitude... Sur quoi la fondes-tu ? Car enfin tu accuses presque le Dieu dont tu proclames la grandeur clémente... Pourquoi le redouter comme Juge ?...

HYPÉRION

Je ne crois pas non plus, cher Lamon, que le bien et le mal soient les deux pôles contraires et invariables de la vie. Aime ou combats, suivant ce qu'elles portent, les réalités que ces mots recouvrent ; mais ruine leurs principes ennemis, si tu ne veux éternellement opposer la vie à la vie dans la haine et faire du monde un avortement vertigineux... Ou plutôt considère comme seul principe, seul vrai, absolu, comme la cause et l'unique fin à quoi tout doit être subordonné, le Bien !... et le Mal, comme relatif quoique inévitable, temporaire et, au fond, utile... Et, laisse dormir leur sommeil aux morts, ou laisse-les rêver le même rêve et gravir les voies inconnues. Cela seul est juste, pour beaucoup de causes, et d'abord parce qu'ils obéissaient à leur nature et qu'ils ont subi leur esclavage. Le mal qui pèse sur le monde ébranle, dis-tu, la certitude. Et tu n'as en vue que les simples souf

frances de la terre... Qu'est-ce si la mort les éternise?.. A ces souffrances tu
opposes un équilibre, un terme ou des remèdes et les réponses que la Nature,
mère des races et charnier de la guerre, donne à quiconque l'aime et lui demande
compte : les riches campagnes nourricières, les espaces rayonnants du ciel et la
joie des êtres sacrifiés, conviés à l'amour cruel et splendide. Mais, à des maux sans
fin ni mesure comme les vengeances de l'Iladès, oppose en toute tranquillité, parce
que ces maux n'ont pas d'équilibre, la justice des métamorphoses ou, à défaut,
celle de l'oubli. Prends garde que la créature suppliciée ne devienne le juge de
son Juge, détruis de sacrilèges cauchemars... Entrons au cercle auguste d'équité
où tous les êtres requièrent, du Dieu et de nous, les droits de la vie... Il y a dans
l'univers une beauté suprême, par quoi sont vrais les rêves de l'homme, en raison
de leur noblesse et beauté... Et si le Dieu est absent, Lamon, ce qui d'ailleurs
n'est pas vraisemblable, et que l'idée humilie les choses, alors la noblesse de
l'univers réside nécessairement dans le plus digne et c'est à toi de te rendre
Dieu... A présent, si tu veux, parlons de l'immortalité...

LAMON

Soit donc ! nous voyagerons dans les deux mondes comme nous le fîmes sur
notre Océan, l'esprit limpide et le cœur puissant, l'œil aux astres, essaims mon-
tants, pléiades plongeuses, semences lactées d'univers, planètes et globes qui
voguent dans leur globe de cristal... Qu'à la proue veille la Victoire ailée !...
Que les sirènes chantent à la poupe du vaisseau !...

HYPÉRION

Plaise ainsi au Génie antique, par qui les hommes sont sollicités depuis les
premières origines et qui pointe l'éperon hardi des navires à travers les mers
inconnues. Pour moi j'ai d'abord souci d'être libre... Le prodige permanent
qu'est le monde m'induit à regarder tous les prodiges comme aussi simples que

les choses quotidiennes ; et jugeant en tout d'après ces pensées, je ne m'étonne point où d'autres tremblent et j'admire où ils sont confondus. J'accepte ainsi pour réalités les plus grandioses espérances, confiant dans les richesses de l'univers... Que la vie donc et la mort soient belles, car il les faut aimer toutes deux !...

LAMON

La terre, le ciel, la mort en effet ne limitent point la vie qui les porte. Et l'homme inquiet n'exige pas moins que ce secret sans fond ni rivages, dont les dieux peut-être n'ont pas le mot... Jeune, sur les montagnes de Cydné, j'écoutais la voix de la mer monter à moi comme une harmonie sans paroles... J'ai entendu la flûte de Pan, perçu la respiration de la terre et cru, un jour, voir l'Anadyomène rééclore des vagues du golfe... Mais il n'y a là que des apparences, des formes de déités décevantes, haleines, murmures et splendeurs vagues, la grave rêverie de la Nature, que j'ai nombrée en rythmes sans art.

HYPÉRION

La Terre est ton champ, ta maison et un astre du ciel : en sorte que, sans bouger de ta demeure, tu peux entendre dans le vent et l'eau l'harmonie des sphères, et augurer la vie inconnue... Le monde que nous superposons à la terre ne peut que lui être fraternel. Ils sont unis tous deux par les lois. Et ces lois relèvent de l'Intelligence, qui préside à l'un et l'autre monde. Tous les secrets sont à dérober à la Nature, qui ne les refuse ni ne les donne ; l'histoire des tribus et des cités marque les premiers stades d'une route immense et jusqu'ici nous avons vu peu de chose... Mais le génie de l'homme est sans bornes précises... Il y a certainement un équilibre aussi, un rapport flexible et stable à la fois, par quoi sera limité l'empire, entre ce génie et son corps. Et l'esprit, accablé par les grandeurs acquises, fléchira sous son double poids, ou bien, en une tension suprême, brisera l'organe insuffisant... L'homme trouvera-t-il à qui léguer ses victoires ?... Sera-ce à quelque nouveau venu qu'aura extrait de lui la Nature ? à lui-même, réalisé, reçu par le monde invisible ? à un autre globe ? ou à personne ?

— 44 —

LAMON

Les désirs sont vastes comme le ciel, l'esprit erre sur toute la Nature... Deux tribus de voyageurs différents la traversent d'âge en âge. Les premiers, au Sphinx qui les interroge, étalent pour réponse des cargaisons et ils se croient riches et clairvoyants... Les autres proposent les songes de leur cœur... A ceux-ci, la terre ne suffit pas... Désirs! espoirs ailés! mes pensées! Vous êtes partis jadis de mon âme pour aller si haut, flèches perdues, que je ne voyais pas où vous tombiez... A présent, abeilles casanières, vous vous contentez d'un butin modique et la ruche rappelle votre vol... Prince, l'essor du génie déplace l'horizon de l'univers et ne l'atteint jamais. A chaque coup d'aile qui l'emporte, le cercle infranchissable de la vie se meut et le retient à son centre. Comme un aigle qui a perdu son aire, l'esprit tourne dans cette prison sans murailles.

HYPÉRION

Cette inquiétude est la loi humaine. Tu peux te fier à des désirs qui nous ouvrent la route des Destinées. La Nature travaille aux fins de l'homme, qui sont probablement une croissance; et elle utilise, en les équilibrant l'un par l'autre, les génies de ces voyageurs dont tu parles, génies en apparence opposés. Je te répète, ami, que la Terre est à la fois un champ et notre mère: et qu'il nous faut lui faire porter ses semences, extraire de ses végétaux nos dictames, fouiller pour des métaux dans ses entrailles, ensuite lui prendre ses vertus. Ainsi nous navigâmes de concert, nos équipages pour la Toison d'Or, toi pour voir, t'enchanter, instruire et moi par un esprit impérieux. Et prends garde que sans ces laboureurs de vagues et de sillons, sans ces génies grossiers de pirates, de vendeurs d'esclaves ou de corail, se raréfierait notre pensée. Comme aussi, sans notre génie, ô poète! le leur demeurerait en servitude. Nous nous méconnaissons les uns les autres. Pour eux, tu n'es qu'une voix légère, comme une cigale dans la feuillée. Et, mesurant mon esprit au leur, mon œuvre à des ambitions domestiques, mes lois d'après des comptes de marchands, ils ne me flattent que pour des grâces, ne m'admirent qu'à cause de ma puissance et souvent murmurent contre ma tyrannie. Et je conviens que je les ai portés, en effet, parfois au delà de mes desseins. Mais quoi?... La Nature est tyrannique. Et tout idéal est tyrannique. Et le plus parfait que formera l'homme sera nécessairement le plus pressant. C'est pourquoi, je pense, la Nature nous équilibre par diversité : afin que nous ne soyons pas opprimés d'elle, soit par l'Amour et la faim bestiale, soit par ses terreurs mystérieuses. Ainsi, Lamon, l'artisan, l'avare, le prodigue et le débauché, le voyageur, le pêcheur d'éponges, les pâtres, les citoyens, les mercenaires, et jusqu'aux voleurs de grand chemin nourrissent tes épopées et les miennes. Ils assurent premièrement notre vie, ensuite donnent matière à nos pensées. Et nous, nous leur apportons en retour l'ordre, par quoi s'arrête la violence et se réduit aux lois le brigandage, et la Justice, qui suit d'abord l'ordre et qui est la lumière de la cité, et la curiosité de la Terre, où les prodiges et métamorphoses sont couvés jusqu'au temps d'éclore et celle, non moins féconde, du ciel. Pour cette grande œuvre, tout effort vaut. L'utile ne doit pas être circonscrit. Et seule, la diversité des esprits peut suffire au labeur de l'homme. Par quoi sera sage la sagesse et plus sage, d'aventure, la folie, car il faut, sans cesse, que nous nous dépassions dans nos désirs, et souvent nos rêves sont en délire... Mais pourvu qu'ils soient grands et beaux, cher Lamon, et toi-même en as conçu de sublimes, ils ne peuvent tomber que dans la Vérité... Ainsi ne t'excuse pas de tes rêves. Et, par exemple, dis-moi ce que tu désires par delà cette vie...

LAMON

Je ne sais, ami!... Beaucoup de choses : le repos divin et l'action divine... Et que la transparence du monde nous soit un Olympe de cristal... Surtout, surtout le repos limpide !... Mais, comme le dit le poëte, nous ne sautons pas hors de notre ombre et n'imaginons pas hors du réel. Répondre est donc impossible. Je vais te satisfaire tant bien que mal avec des images familières. Tu te rappelles le gué de Lymnos ?...

HYPÉRION

Oui.

LAMON

Et l'île aux pelouses toujours vertes, plantée de tant de saules et peupliers, qui s'allonge en amont du gué comme une carène au milieu des eaux ?...

— 46 —

HYPÉRION

C'est là que je trouvai Laodamia... J'aimais à guetter du bord, l'arc au poing, les sangliers qui venaient au fleuve. Et souvent je m'enorgueillis en enfant d'atteindre l'aigle planant dans la nue, la grue voyageuse ou le noble cygne, en ses circuits au-dessus des ondes, frappé dans la spirale de son vol.

LAMON

A la pointe occidentale de l'île, tu sais qu'il y a un banc de gazon, autel d'un dieu champêtre ou tombeau ancien... Le pâtre qui passe avec son troupeau dégorge sur ce gazon la mamelle de la vache ou de la brebis ; le chasseur y fait une libation de sa gourde de vin... Dans les jours de fête, les jeunes filles viennent mêler leurs pas et nouer leurs rondes ; elles portent des gâteaux de froment et de miel, et suspendent, pour le dieu ou pour l'ombre, des fleurs en guirlandes aux noirs rameaux des lauriers.

HYPÉRION

L'endroit m'est familier.

LAMON

Là, souvent, j'ai senti ma vie couler sans pensée dans l'air et l'eau ; elle se dispersait en tout ce qui luit, bruit et passe, comme restituée à ses éléments, et en même temps se recueillait en une volupté calme et profonde... Je désire ainsi la vie future... Tout souhait, pourvu qu'il soit divin, sera probablement réalisé dans l'ample sein de l'existence... Peut-être traversons-nous tour à tour des rêves légers, des grandeurs sereines et des léthargies sans mémoire nécessaires à des renaissances... Mais toi-même, quelles sont tes pensées ?

HYPÉRION

Je vais te les dire... Continue...

LAMON

Là donc, ou en un lieu semblable, j'aimerais dormir d'un sommeil d'enfant... Les jours d'été, sur cette île silencieuse, sont si beaux qu'ils semblent éternels ;

le fleuve, entre ses berges chargées d'ombre, s'épanche transparent comme l'air : les
pins du rivage recueillent dans leur ombelle balancée les mélodies de la brise...
Et sans doute le soleil oriental, la jeune clarté de l'aurore qui se joue sur les
monts sublimes et qui porte sa joie aérienne au cœur des hommes... sans doute
l'astre apaisé du déclin, génie fatigué de chaque jour, prince majestueux de
l'univers qui s'éthérise dans sa propre flamme et se consume, sur une fournaise
de nuées, dans l'apothéose occidentale... et le crépuscule taciturne, la lune des
bois, les troupeaux qui bêlent, les saisons diversement magnifiques et les vents
rodeurs de l'étendue infiltreraient en ce sommeil, à travers le gazon sépulcral, les
rumeurs pensives de la Nature et les rayons de la vie.

HYPÉRION

Le calme est la lumière du tombeau... L'homme est fatigué quand vient le
soir, qu'il ait fait une œuvre grande ou petite. Pénible est le labeur du prince et
de l'aède, pénible l'effort du pêcheur qui incruste sa sandale sur les roches d'où il
jette et retire l'épervier ; lourd est le hoyau du laboureur... Il y a je ne sais quoi
d'ironique attaché à toute existence, par où sont humiliées les vertus fastueuses,
et presque toute gloire sonne creux... Puérils souvent sont les plus grands actes :
on voit entre le but et l'effort, entre les ambitions olympiennes et leurs intérêts de
fourmilière, des inharmonies dérisoires... Aussi la mort nous parait à tous une
guérison mélancolique, la dissociation de la peine et de nous, l'état de silence où
se solennise et tombe au repos la vie babillarde. C'est pourtant la vie que, malgré
tout, l'on aime et désire dans la mort... Tu l'y projettes en vision dormante par
la musique, la lumière et l'ombre.

LAMON

Il est vrai '

Et je me fie à ce double instinct de survivance et d'apaisement qui éclaire et anime tous les hommes, car je crois qu'il est révélateur... Réservé toutefois les fins de la Nature et si notre immortalité lui est utile.

Pourquoi ce doute ?

Ce n'est pas un doute, mais à l'aventure un renoncement... Voici le mot suprême de la vie... Les hommes, déçus ou rassasiés, l'apprennent de désirs en désirs... Nous, qui avons fait les plus vastes songes, nous n'accuserons pas la Nature de déception ni d'indigence, pas plus que de folie notre cœur. Mais nous résignerons ce qu'il faut résigner, sereinement donnant congé à l'amour, à la gloire, à notre génie, au noble et lourd souci de notre œuvre, enfin à nous-mêmes... Les tours s'écroulent, les cités périssent et les patries tombent en jachère. Un continent, et nous avons vu ses ruines, un monde qu'il portait et son œuvre, peut-être contemporaine des premiers âges, merveille de grandeur et de beauté, ont disparu, sauf quelques débris inconnus, dans une convulsion de la terre... Et la terre ayant aussi à mourir comme les planètes ses sœurs, vois ce qu'il nous faut penser de nous... Cependant une immortalité terrestre se réalise par les renaissances... Il n'y a qu'un homme, qu'une destinée... Chaque génération vient à son heure poursuivre la tâche immémoriale et se reconnaît semblable aux autres... Ainsi tous, nous avons dormi sous des tombes... et chacun de nous est le même monde, qui reflète l'univers visible... Que veut la Nature ?... Peut-être rien de plus... Les générations, renaissant d'elles-mêmes, portent et préparent l'homme futur, celui qui balbutie et vacille, à l'heure qu'il est, comme un nourrisson, mais qui possédera la Nature et réfléchira la vie comme un globe... Qu'importe le nombre ? Qu'importe moi ?... Et voilà une immortalité bien réelle... Sur l'autre, je me tais.

L'autre est le secret du monde inconnu... Mais notre monde nous est inconnu pareillement... Matière, esprit, quel sens ont ces mots? Est-ce que la vie et l'intelligence se peuvent opposer l'une à l'autre ?... La vie circule dans l'univers comme le sang de ce grand corps et elle en baigne chaque molécule. La pensée irradie du ciel et travaille dans les entrailles de la terre ; elle s'épanche au courant des fleuves qui traversent, comme des laboureurs, les plaines fécondes et bruit dans les forêts musicales... Le chêne mort est pénétré d'elle, qui gît dans la clairière où il fut roi, aussi les ruines des solitudes... Elle entre dans le granit et les marbres et s'infiltre aux strates de ses métaux. Qui posséderait en son essence la vie terrestre connaîtrait donc la vie tout entière... C'est pourquoi l'autre immortalité, la vraie, celle en somme que tu aimes et désires comme moi, il se peut que dans la sphère invisible qui enveloppe et comprend la nôtre, en des êtres que nous ne savons point, elle se réalise comme tu dis, selon la transmission viagère et permanente que nous voyons en effet sur terre... A quoi bon des procédés différents en des royaumes sans confins réels ?... Et voilà ruinée notre espérance...

HYPÉRION

Je n'en sais rien... Je ne le crois pas... Le monde, changeant et permanent, requiert des intelligences harmoniques, qui participent de ce double état. Le monde est un chemin qui nous porte et probablement un chemin qui marche. L'Intelligence sur qui tout repose, qui traverse comme tu le dis de rayons, crible et sensibilise de sa pensée les couches indéterminées de la vie, ne peut qu'accomplir en tout son œuvre et nous contenter de ses splendeurs stables. Je me fie en elle de mes destins... Mais, pour le moment, je te répète que j'ai surtout souci d'être libre, et que mes actes soient désintéressés, afin que mes pensées restent sereines. Voici le droit essentiel de l'homme, la sérénité devant la vie, car c'est par là qu'il en devient maître et le génie silencieux du monde sourit à notre guerre de liberté... Ne te crée pas de vaines défenses ! Ouvre ton œil à tous les rayons !... Que la voile cède aux vents salubres ! Que chaque adolescent et chaque esprit s'élancent dans le monde à conquérir avec un amour insatiable et qu'ils se dépassent dans leurs désirs !... J'ai orienté mon cœur vers le juste et, de la sorte, j'ai pu m'élever sans tyrannie au-dessus des hommes, dans mes voyages, mon loin et mes guerres, n'admettre que la stricte violence nécessaire à de grands desseins et de la gloire, que j'aimai longtemps, recueillir un peu de gratitude sans illusions... Pensant peu à moi, j'ai rapporté tout à la noble essence de mon être, pour contenter le dieu qui est en moi... L'heure venue, j'accueillerai la mort amicale.

Dis-moi tes désirs, à ton tour.

Quels autres que les tiens ?... Va ! j'ai porté les mélancolies et les servitudes... Le héros, tu l'as dit, ami, fut surtout blessé par son cœur... Notre œuvre fut grande... N'en es-tu point las ? Ta gloire, jumelle de la mienne, doit te satisfaire aussi ; nos deux ombres garderont pendant quelques siècles leur nom et leur marbre fraternels sur le rivage qui est jonché de ruines et que ronge, sans savoir ce qu'elle fait, l'eau sans mémoire ; et nous recevrons, durant quelques jours, les honneurs divins... Je ne souhaite donc que le repos et, ensuite, que nous nous reconnaissions... Car, que nos âmes se soient rencontrées dans la courbe obscure de nos destins, pour l'étincelle d'une intersection, que je puisse, ô mon aède, ô mon frère, te faire ou recevoir de toi des adieux éternels, ce serait là le chagrin suprême et l'irréparable renoncement... Ce serait de plus, et je n'y crois point, l'avortement du monde inutile ! Ainsi pour mon père Mégaclès, héros qui m'a transmis sa grande âme et de Laödamia toujours aimée... Elle ne me retint pas au départ, dénoua ses bras et plia dans les miens... Au retour, j'ai trouvé d'elle quelques cendres, closes sous un tombeau de gazon.

Qu'importe, si la rencontre est prochaine ? Qu'en importe même le moment, pourvu qu'elle nous soit assurée ? Vastes sont les espaces de l'éther, faciles les routes des esprits. Les ombres, au dire du vulgaire, quittent aisément leur séjour et se manifestent par des apparitions ou des songes à ceux qui leur furent familiers. Et la curiosité de ces prodiges, mêlée de frayeurs et d'attrait divin, saisit qui les entend raconter... Ne nous effrayons pas et, sans tout croire, confions-nous comme tu le veux dans la richesse de l'univers, merveille inépuisable en merveilles et raison vraie de ce grand espoir.

HYPERION

Ainsi nous connaîtrons des entretiens futurs, sans doute plus lumineux et sublimes, mais non plus amicaux que celui-ci... Nos souvenirs seront sans tristesse et nos tendresses n'auront point d'alarmes, ni de satiété nos plaisirs. Et la joie sera l'état du cœur, la transparence celui de l'esprit... Peut-être, pour des temps, pour des tâches appropriées à la vie nouvelle et à notre génie divinisé, aborderons-nous en de nouveaux mondes. Car les fins de l'homme ne peuvent qu'être harmoniques à celles de la vie, qui est laborieuse de la terre au ciel. Notre repos ne serait alors que le sommeil d'un soir de bataille, d'un jour de moisson ou de manœuvre, la halte d'un illustre lendemain... Prends ce que tu voudras dans ces grands rêves, qu'admet et porte la vie inconnue.

Et Lamon, laissant errer sa vue sur les eaux, se recueillit et songea longtemps. Le globe du soleil s'immergeait dans le golfe près du promontoire occidental, à la limite des ondes de la mer et du fleuve. Illuminant les vagues lointaines, ses rayons empourpraient sur terre les roches blanches, la cime des chênes où ils s'attardaient, remués par la brise, au grave murmure des feuillages et, dans la ville, les frontons de marbre, les colonnes, les créneaux des tours... Le prince et le poète, en silence, contemplèrent l'agonie du dieu... A l'Orient, comme un autre soleil, s'élevait le globe de la lune.

LAMON

S'éteindre dans le calme, quelle grandeur !... Mourir, renaître, suivant l'harmonie ?... Vois d'ici, au milieu de la place qui domine le port et les jardins de la ville. notre Victoire sur son haut piédestal. La déesse, tournée vers l'Occident où elle s'enfonça avec nos vaisseaux, maintenant nous convie à de plus grands voyages et notre âme n'a plus à interpréter, mais à réaliser en essor sidéral le geste sublime de l'effigie..., Voici mourir le jour sur la terre... Quelle étendue, quel globe oriental vont paraître, éclos du crépuscule étoilé ?

HYPÉRION

Attends cette éclosion sans tristesse, sinon sans mélancolie... Car il faut bien que quelque regret réside dans le cœur le plus ferme ; toute âme a ses tendres souvenirs... C'est par eux que nous retient la vie, comme par une espérance véridique qui voit au travers des illusions. Elle nous garde aussi par son calme, mais aucune nouveauté ne lui reste, quoique nous ne soyons pas encore des vieillards... Tu vois qu'il nous faut nous rajeunir dans les eaux lustrales... Aussi bien, les jeunes gens ont grandi... On dit qu'un océan enveloppe le monde, dont chaque particule animée ne s'aperçoit que pour se confondre...

LAMON

En soi et en tout, je le sais... Maintenant, si tu veux, rentrons sans nous presser... On ne fermera pas les portes de la ville...

HYPÉRION

L'heure est belle et convient à nos graves discours...

Shakespeare dit :

« Il y a plus de choses qu'il n'en est rêvé dans les vastes songes. Les fantômes, dans le cerveau du dormeur, éclosent d'une léthargie véridique... Il y a des insensés pleins de raison. Nul ne sait précisément qui délire et l'homme est tourmenté par toutes sortes d'ombres : écoute la ballade du fou... Celui qui regarde du haut d'une tour entend la voix du vent et des vagues, et des vertiges et des nuages passent, qui déposent sur le front du rêveur une moiteur froide, écume de tempête, sueur de pensée. Les lames qui arrivent de l'Orient rencontrent les flots venus du couchant, le monde figure un ouragan sans colère. Le navire qui pourrit au port et celui qui laboure la haute mer n'ont pas des fortunes bien différentes ; la cloche du bord tinte sous l'étoile et le vent ne change pas de chemin... La mouette piaule, le goéland joue avec l'air, le matelot siffle dans sa hune et le cygne élève le chant de sa mort. Les mouvements de cet Océan battent une joie qui est famélique et plus formidable que ses tourmentes et la lune appelle aux mélancolies les sirènes, du fond de la mer. Alors, tout l'équipage est en délire, comme des chevriers sautant sur une outre ou des vignerons dans les pressoirs, et leur joie, leur triste joie oublie. J'oublie de même, sachant que ce conte, bien que les héros en fassent gloire, est aussi le conte d'un idiot... Cherchez des campagnes innocentes ! Ouvrons-nous des mondes plus doux... A l'aide, Prospéro ! Ton Caliban est « *un tas de terre* » d'argile à châtier, mais ce n'est pas sa faute... Vois Miranda !... Ses mains délicates veulent s'écorcher aux bûches maudites que le fils du roi doit empiler, jusqu'à ce que la grotte en soit remplie... Elle pleure, mais toi invisible, tu te réjouis que leur amour pleure et, pour leurs fiançailles éblouies de larmes, tu ordonnes que tes sylphes aux pas sans empreinte émeuvent dans l'île enchantée une solennelle musique... Que fait Prospéro ? Quelle est sur notre île cette malédiction miséricordieuse, ou cette sévère bénédiction ?

❖

IEUX de la lumière, dieux de la nuit, de la volupté et de la mort… Puissances cachées de la Nature… Nature vénérable, mère pensive entrevue sous les métamorphoses, dans l'ombre de Celui qu'on ne sait pas — le Destin médite à côté d'elle et l'homme effrayé fixe vaguement sa face de marbre, ses yeux de granit : leur regard déconcerte ses prières et fascine toutes ses pensées ; et il voit dans ces gouffres jumeaux du Sort et de la Nature éclore, puis s'engloutir ainsi que lui-même, les dieux qu'il implore contre ce dieu. — Terre nourricière, génies de ses bois, souffles qui errez à travers ses campagnes, comme la respiration formidable et tranquille de son vaste sein… Esprits familiers, eaux des montagnes, fleuves d'épanchement paternel !… Vieillard Océan, qui fais au monde une ceinture des vagues émues et qui, ayant bercé l'Anadyomène, figures dans ton calme et tes colères la grâce et les tempêtes de la vie… O vous tous, qui dans les âges de l'humanité vous êtes partagé l'univers… Dieux qui voliez dans les ouragans sous une chevelure d'éclairs, ou qui passiez parmi les rayons, sur un char à la roue fulgurante, portés par les chevaux du Soleil… Jéhovahs des tribus antiques… Molochs insatiablement apaisés avec des hécatombes de vivants… Dieux de ténèbres, farouches comme le vent et l'hiver… O Rois plus légers de l'Olympe, Pères protecteurs des contrées douces, où le son des lyres était aimé dans la sobre ivresse des festins et où les jeunes filles, couronnées d'épis, dansaient en riant près des fontaines et se confiaient, nues, aux vagues des mers — fantômes de Celui que l'homme cherche, rêves du grand rêve éternel, vous avez tous pesé sur notre âme et vous pesez encore, idoles tombées, le poids de la vie... Parce que c'est d'elle que vous êtes nés : de là votre face de terreur !... Et nier ou s'abuser ne sert de rien : épouvanté de la vie qu'il aime, l'homme ira jusqu'à la fin des temps prosterner devant tous les autels son cœur sanglant de l'émoi mystique et mal délivré des dieux morts.

Car ils sont mal morts : spectres obstinés, ils errent au-dessus de nos têtes, conservant des attributs d'autrefois un reste d'épouvante qu'ils promènent et laissent tomber de leur ombre, qui rôde dans les ombres de la Nature, sur les âmes héréditaires de nous tous. La Nature est identique à soi-même et la vie s'est peu atténuée : tout dieu la figure ; les nouveaux perpétuent les Rois abolis.

Ame de l'homme ! Psyché inquiète ! tu te pencheras malgré les défenses sur toutes les figures de l'Amour et sur toutes celles de la terreur. Parce que tu devines confusément qu'elles ne sont ennemies qu'en apparence dans la mécanique de l'univers, que rien n'y saurait être arbitraire et qu'ainsi les antagonistes sont des alliés. Au fond de toi-même, tu les rencontres, les ayant reçues de la Nature, et la création des dieux inconnus à Elle et à toi vous est commune. Tu le sais bien : car tu les accuses quand tu es à bout de vénération et d'effroi, et tu n'accuses quand tu te reconnais ni toi faible ni la nature fatale. Et devant Celui qui est dans la Nature et que figurent en le révélant les lois et les formes, les souffles formidables des mondes, l'Océan des jours, l'Océan des nuits, devant Celui-là, tu es silencieuse et ne sais pas comment adorer : consciente que tu n'as fait que l'élaborer d'âge en âge en chaque essai de tes dieux ; de telle sorte que tu les élèves et les dégrades par un même instinct, qui est légitime et naturel à la pensée autant que l'essor l'est à l'aile, et que le sacrilège est un crime imaginaire, une offense qui atteint et renverse les Divinités insuffisantes. Et toute pensée est dissolvante : et toutes les divinités sont périssables, parce qu'elles sont et seront l'une après l'autre accusées devant la Justice, qu'elles ont vécu et meurent par elle... Et vivent et meurent par la Justice, de même les institutions et les lois. Les empires du ciel et de la terre se doivent constituer par la violence, durer par quelque idole du droit. Mais la pensée leur est ennemie qui confrontera éternellement au Dieu qu'elle s'élève par delà les dieux, ses provisoires idoles. En sorte que travailler à ton Dieu est ta loi, Psyché douloureuse : et tu vas l'accomplissant comme la Nature accomplit la vie, par des destructions et des créations. Et toute création précipite un écroulement et une tourmente où des générations tourbillonnent dans une folie religieuse, sous un déluge de maux. Or, de ceci, le grand doute éclot si le Dieu suprême est tyrannique, si toute la vie ne l'accuse pas... Mais tu aimes la vie et tu nies la mort par instinct d'aimer, Ame insatiable!... Ainsi tu dois te fermer le repos, anxieuse de la mort et de la vie. Et tu ne connaîtras rien de ton œuvre, jusqu'à ce qu'elle soit réalisée : rêvant seulement que tu es jetée, suivant la courbe de tes destinées, par une pensée de justice, dans le grand chemin de l'univers.

Et la vie est peu à chacun de nous. Joies et douleurs, cela est bien nôtre, pour une minute dans notre instant!... Cela est à nous ; ces accidents s'impriment au cœur et dans la chair par des empreintes brûlantes, et la substance est travaillée par les accidents.

Et le commencement de toutes choses est humble, terrestre, de pauvre vie... Vivre, rien de plus... Cela suffira. La Nature impose à chaque existence ses conditions, par là ses désirs ; et la créature qui s'y penche accroît lentement sa vie et la vie.

... Et l'arbre, dans la forêt ténébreuse, étend ses rameaux vers la lumière : et certes, s'il s'aperçoit de lui-même, il noue à la Terre nourricière ses racines avec gratitude... Il aime le printemps qui le réveille, s'il porte la plus vague pensée sous l'écorce ; les feuilles qui respirent le soleil aiment la chaleur et les rayons ;

aussi les lourdes ondées qui abreuvent, les soirs sonores, les nuits bleues d'été...
Mais les ouragans et les tonnerres lui sont, par contre, des dieux qu'il redoute. Le
temps, qui creuse dans son bois vieilli le charge de mélancolie majestueuse. Et ses
rameaux seront résignés, s'il se recueille en sa vie puissante, d'abandonner leurs
feuilles jaunies aux vents et aux premières gelées de l'automne.

Et l'homme, ainsi que l'arbre et l'animal, aima humblement et confondit dans
l'adoration et l'effroi, dès l'origine, les choses divines. Car le divin est dans la
Nature ainsi que la lumière dans l'espace : l'œil et l'esprit, semblablement, sont
orientés par les rayons.

Raison superbe ! âme inassouvie qui projettes les tendresses par delà l'ingrati-
tude et les œuvres par delà l'oubli ! O cœur de l'homme, héros blessé qui aimes
tes blessures, et ne t'indignes que de la lâcheté et du repos ! travailleur prêt pour
toutes les tâches, patient seulement dans la douleur ! Génie qui aspires pour te
contenter aux existences du ciel et de la terre, à toute l'intelligence de l'univers !
Esprit qui ne réclames pas moins que d'être associé à la Nature et de créer dans
la Création, comme ton héritage dans la vie !... Et toute ambition est légitime,
grandissante dans l'être qui monte, et l'usurpation ne gêne pas Dieu !... Être
infatigable, que ne découragent aucun de tes désastres dans l'histoire, aucune de
tes victoires avortées !... A des heures, et celle-ci en est une, tu fléchis pourtant !... Sans t'arrêter, car tu ne saurais t'arrêter dans ton œuvre originelle le
temps d'une génération ni d'un doute, pas plus que la terre dans son orbite, tu
considères avec lassitude cette œuvre incompréhensible et la déclares colossale et
vide, comme le serait une pyramide bâtie par une race de Pygmées, et qui ne ser-
virait qu'à enfermer de mornes esclaves dans ses galeries, et dans ses caveaux des
momies royales. Tu es confondu d'avoir peu réduit, après tant de siècles de
tortures, le mal du monde. Tu vois la Nature implacable, la pensée impuissante,
Dieu absent ; et tu dénombres avec dérision les misères de ta chair lamentable, les
vices fétides du cœur. Tu dénonces — et les voix désespérées sont les seules que
tu écoutes et que tu aimes — tu déclares que la vie n'est rien qu'une destruction

famélique et l'univers une mécanique d'écrasement, et tu accuses Dieu. Mais ce désespoir est fécond encore : ces accusations prouvent seulement que tu es en mal d'une terre meilleure, de Dieu plus vaste. Car les deux œuvres sont simultanées et identiques. Et alors il sied de rappeler ton humble origine et comment tu as dû aimer pauvrement à ta naissance les choses du ciel.

Amour, douleur ! les deux clés du monde !... l'aimant et l'aiguillon de la Nature ! deux ailes pour la terre et le ciel !... Par l'une et l'autre, l'être qui les ouvre — et l'Amour et la douleur sont unis par l'affinité de leur essence, de telle sorte que la joie souvent a le goût des larmes et qu'il y a des douleurs qui pleurent une lumineuse allégresse — l'être s'élève, lentement d'abord, au-dessus de sa chrysalide : et si le premier vol est pesant, il peut du moins s'apercevoir qu'il monte de la terre ; chaque battement l'élève un peu plus entre les deux royaumes contigus, non moins mystérieux l'un que l'autre et harmoniques, de la vie et de la mort ; et il peut du rêve voir se prolonger, dans l'infini, la courbe sublime de l'essor.

Et nous irons ainsi dans l'avenir... Comme les coraux et les madrépores qui bâtissent des îles et exhaussent, sans connaître à quoi ils travaillent, les assises des continents futurs. L'atome humain travaille à soi-même et à l'Humanité qu'il édifie. Aucune existence n'est personnelle, aucune ne saurait être sacrifiée ; mais toutes sont, humbles et souveraines, utilisées pour la République. Il paraît bien qu'un but égoïste, un sauve-qui-peut individuel n'est pas proposé par la Nature.

[illegible]

E rêvais ainsi dans ma vision, devant les miens et moi-même, devant
tous les aïeux inconnus. Ils arrivaient, ils entraient encore dans l'église
de leur village, qui était déjà vieille avant leur naissance et qui durait, renouvelée
de siècle en siècle, relevée avec ses pierres primitives et rajeunie sur les assises
de ses murs. Ils l'emplissaient de leur multitude et néanmoins elle suffisait. Et elle
était à la fois petite, comme je l'avais vue toujours, et vaste à contenir tous ceux
qui s'étaient agenouillés sur ses dalles, depuis que ce village, dont les toits se
groupaient au pied de son clocher comme des poussins autour de la poule, avait
été bâti dans la vallée. La nef était pareille et très humble ; mais par delà son
pourtour un vague vaisseau semblait s'étendre, érigé ainsi qu'une autre nef aux
parois d'ombre et de clarté où se pressait un peuple d'ombres. On entrevoyait en
ses profondeurs des piliers massifs et multipliés comme le serait une colonnade
en une cité souterraine ; et ils apparaissaient hauts et rugueux ainsi que des tours
faites de granit, ainsi qu'aux arcades d'une forêt les chênes millénaires vêtus de
mousse. Cette église unissait ainsi le recueillement et la douceur à la majesté
végétale et à l'éternité des rochers. Et elle semblait tout ensemble, notre chapelle
baptismale, maternelle dans sa vétusté, et une crypte sous une montagne, grande
et sombre autant que la terre intérieure, qui avait pour lampes d'étranges feux.
On eût dit la cathédrale mère de toutes les cathédrales du monde, de toutes les
églises du passé. On eût dit une forêt mystique. Et elle apparaissait également
comme un chêne, couvrant la crypte, la chapelle, l'édifice et la forêt de son
ombre.

Dix-huit siècles n'avaient pas atteint sa vitalité indestructible. Des tempêtes qui avaient déraciné des empires ne l'avaient pas même ébranlé. Autour du tronc, les rameaux poussaient touffus comme les bois sur les montagnes. Son pied paraissait enfoncé dans la terre ainsi que dans la vie pour la durée de la terre. Dans sa cavité, les multitudes naissaient et mouraient aussi éphémères que les étincelles d'un feu de paysan, et aussi nombreuses que les flocons qu'on voit tourbillonner dans une rafale de neige. Une végétation miraculeuse de grâces, de légendes et de pardons, couvrait de lianes et de fleurs agrestes l'écorce du colosse, et nouée à ses branches, de vignes, de lierres et de lichens, de toutes les roses virginales qui se plaisent aux dalles des sépultures et aux vieilles pierres des murs, des chèvrefeuilles amis de la ruine, de toutes les mousses du passé, composaient à ses nefs sublimes et à leur austère génie la vénération familière et comme l'amitié de la Nature. Entre ses racines des eaux couraient, pures comme des sources baptismales et intarissables pour la soif de quiconque a soif. Et mille chemins, des terres anciennes et nouvelles, de la solitude et des villes, des bourgades, des hameaux perdus, de la montagne, des bords de la mer, se rencontraient, frayés par les pas et les genoux de tous les pèlerins de l'univers, voies royales et sentiers sylvestres qui commençaient et finissaient tous à la porte béante de cette église, au creux de ce chêne paternel. Il se dressait jusqu'aux étoiles, qui semblaient tomber de branche en branche et qui fourmillaient dans sa feuillée. Ses bras tendus, en leur croix immense, couvraient la terre, projetaient leur ombre sur toute l'étendue de la vie... Nul signe de décrépitude... Les orgues et les hymnes montaient sous ses voûtes, aussi haut que la voix des vents et de la mer... Pourtant la Nature, mal soumise, faisait sous les racines du Géant et aux blocs de ses édifices, comme un bruit rongeur avec des hommes, un travail sournois de destruction qui se trahissait par des fissures... Il semblait aussi qu'en ses hautes branches, celles qui jadis arrêtaient les aigles, la sève ayant diminué peut-être, le chêne se découronnait quelque peu...

Un grand bruit de cloches, des ondes sonores épandues en fleuve, partaient de ses cathédrales et de ses chapelles : elles tombaient dans l'espace, élargissant leurs cercles sans fin. C'était comme l'harmonie de la planète au-dessus de toutes ses clameurs dans le silence des cieux, la voix des églises, des chants et des prières, montée des hommes, descendue de Dieu...

Chaque note, chaque vibration semblait à la fois un coup et un appel frappé sur un cœur retentissant, comme par le marteau du tonnerre, avec une douceur toute puissante. Les sons partaient comme autant d'oiseaux d'envergure énorme ou petite, d'aile également sûre et planante. Ils s'envolaient par essaims immenses, sans direction que de s'élever dans l'orbe divin et toujours passer de la terre aux cieux, des cieux à la terre.

Et cette harmonie formidable était pure aussi : majestueuse comme la Pensée paternelle, vaste à engloutir comme un silence les ouragans de toute la Nature, et douce à l'égal du murmure des feuilles et du vent, ainsi que la voix de l'alouette à l'essor, le cristal des sources, le chant d'une mère sur un berceau...

On y reconnaissait les coups des battants sur les bourdons dans les tours antiques, frappés sur les ruches des cités aux grands jours des peuples, aux heures de Dieu, pour les *Te Deum*, pour les naissances, pour les sépultures des rois. Cela faisait le bruit du canon, le bruit de l'Océan quand il frappe les côtes de ses lames en mouvement dans une montée unanime, haute jusqu'aux falaises, et si grande que cette furie paraît calme.

Ces tours se dressaient en ma pensée : elles enfonçaient jusqu'aux catacombes les assises de piliers épais autant que les murailles des citadelles, ceux qui les avaient posées les voulant faites pour la durée d'une race. Les arc-boutants et les bas-côtés paraissaient aux flancs de l'édifice ainsi que des bateaux amarrés à la carène d'un puissant navire. Les clochers déchiraient les nuées ; à leurs angles émergeaient des fumées qui flottaient sur le troupeau des toitures ainsi que des écueils à mi-corps, et leurs flèches montaient comme une pensée dans le ciel. Ces églises étaient grandes à contenir un peuple entre leurs parois colossales : et dans les âges passés, en effet, le peuple ayant une âme de prière venait sous ces voûtes et sur ces dalles agenouiller toutes ses fortunes, et, nivelé sous les ostensoirs, au geste liturgique des prêtres, adorer en un prosternement universel.

Tours de refuge ! asiles de Dieu !... Souvent la frénésie de la guerre expira à leur seuil sacré. Il suffit parfois de leur silence pour arrêter une furie populaire, jeter l'interdit sur des tempêtes et rassurer les femmes hagardes, les enfants en larmes, à côté de l'homme vêtu de fer qui, transpercé dans son cœur violent par une pensée de terreur, abaissait son bras et courbait la tête, rentrait au fourreau son épée sanglante et priait humblement sur les genoux avec ses victimes sauvées de lui.

Souvent la bourgade féodale s'y retira comme en un donjon. Le veilleur, logé sous leurs clochetons pour épier de haut sur les campagnes, ainsi qu'une vigie sur la mer, voyait au loin les bandes suspectes, cavaliers, archers, malandrins, horde d'invasion ou gens de maraude, passer sur les marches du territoire. Alors il sonnait, suivant le cas, les alertes ou la grande alarme ; et des partis se formaient pour donner la chasse aux picoreurs ; ou bien tout le populaire en tumulte vidait ses demeures, amoncelait dans le beffroi ses vivres et ses vêtements, enterrait les grains de réserve, lâchait ses bestiaux dans la forêt. On s'entassait entre les murailles, saufs pour l'heure et, chez Lui, sans trop de peur, se confiant en Dieu... Et les anciens racontaient aux jeunes que ce n'était point la première fois, et qu'ils avaient vu, eux et leurs pères, du haut de la bonne tour, brûler leurs maisons ; mais cela n'était qu'un petit mal, parce qu'ils avaient des maisons de chaume, de terre et de branches entrelacées, qui coûteraient peu à rebâtir ; l'essentiel était de sauver les grains et d'emmener en lieu sûr les bêtes... Quelquefois aussi, ils avaient vu l'étranger s'arrêter aux portes de l'église, composer pour peu de butin, se retirer sans trop de dégât.

Ils y élisaient, aux jours de fête et par acclamation populaire, leurs consuls et leurs échevins. Et la cité, dans ces grands jours, se rassemblait en sa cathédrale, puis se répandait autour des beffrois avec ses magistrats et ses seigneurs, avec ses bourgeois et ses hommes d'armes, ses corps de métiers et leurs bannières, avec ses femmes et ses jeunes filles, dans les rues tendues de tapisseries qui en chamarraient les murailles. Pendant que ce bon peuple s'écoulait en chantant sa joie dans les psaumes, les cloches de toutes ses paroisses, balancées ensemble à toute volée, faisaient briller au soleil leur métal sévère, que martelaient, par temps égaux, les battants rythmiques. Aux Pâques de Dieu, les vibrations paraissaient plus loin que jamais s'en aller au large et tournoyer comme des oiseaux du plus haut vol au-dessus de la jeune terre : comme des aigles porteurs de messages au-dessus des monts et des forêts... comme des cygnes rapides et blancs dans le bleu du ciel parmi les nuages printaniers, en une spirale planante qui s'infléchissait pour descendre, par longs circuits calmes, sur les étangs, les bonnes collines fleurissantes, les vertes campagnes des blés...

C'était Avril, le gai Renouveau, le temps qui ouvre les canaux à la sève et fait de ses prairies des tentures tramées de fleurs humbles et belles comme le serait un tapis rustique par quelque tisserand de village qu'auraient instruit les fées et les sylphes. C'était les semaines où le soleil jette sur les murs et les vieux visages des rayons rajeunissants, rend les champs semblables à de grands lacs clairs et déclôt les cœurs. Et, en effet, la saison légère fait passer dans les veines de tous un peu de sa vertu vivifiante, avec ses aromes, ses voix et ses souffles, ses bourdonnements et ses chants d'oiseaux, avec les promesses des plaines, la suave espérance des vergers. Et c'est pourquoi, vers Pâques fleuries, les cloches solennelles ont des voix limpides comme la joie et le ciel.

Cloches des villages !... Il manquerait, si elles se taisaient, à la terre sa plus émouvante harmonie... Je me rappelle qu'enfant, j'écoutais, au crépuscule d'un jour orageux, la cloche de mon village natal. J'avais été un peu malade et je m'éveillais reposé, guéri... Devant la fenêtre, les nuées du couchant s'amoncelaient, s'écroulaient et se réagrégeaient en édifices fantasmagoriques, puis se disloquaient et dérivaient, lourds navires à la coque d'or resplendissante, par les portes rouges de l'Occident. Des éclairs les sillonnaient que suivaient de graves roulements ; j'avais peur un peu... Ma mère entra et vint à mon lit ; je fermai les yeux par malice. Elle posa sa main sur mon front, écouta mon souffle et fut rassurée, et baisa ma joue. A travers mes cils à demi clos, je la vis prier ; puis doucement, avec ses doigts mouillés d'eau bénite, elle traça un signe de croix sur mon front. Cependant, le tintement de l'Angelus se prolongeait dans le soir sonore et pénétrait entre les rideaux avec des ombres et des lueurs mêlées, avec le frémissement amical des arbres sous les croisées, le parfum des roses sur la pelouse, des meules de foin dans la prairie...

Oh ! cloches rustiques ! Depuis, bien des fois, je me suis arrêté dans mes promenades à les écouter pieusement. Au matin, leur voix est plus claire. Alors il y a dans le cœur des hommes qui se sont levés pour les travaux, il y a dans l'air et les rayons jeunes, les bois frais de rosée, les eaux sonores où le soleil et l'air bleu se jouent, il y a dans la Nature étincelante une animation joyeuse et belle. Il y a comme un appel de toutes choses et un départ gai de toutes les créatures pour le labeur sacré de la terre et le grand œuvre de la vie sereine. Alors s'émeuvent au-dessus des plaines, des charrues luisantes et des sillons, les cloches de l'aube qui réveillent les villages et les étables pour les champs. Et leurs sonorités se répondent et vont s'élargissant comme des ondes et comme des prières sur les campagnes. Et leur tintement est un signal, le double appel, impérieux et sûr, de la Terre qui exige ses semailles, du ciel qui revendique sa pensée. L'homme y consent, l'animal aussi. La glèbe ouverte qui fume au soleil exhale dans les poumons et dans les cœurs la force de ses aromes et de sa sève. Et elle paraît au bon laboureur contente d'être blessée comme une mère...

Et que de fois, dans les soirs d'hiver, je me suis arrêté dans l'ombre au faîte de la colline forestière, où fumait un feu abandonné de faucheurs d'ajoncs ou de bûcherons. Le crépuscule avec les brouillards descendait sur la vaste plaine. Les brumes qui en dérobaient l'étendue l'illimitaient... On eût dit, à l'entour d'un mont, une mer stagnante ; les âpres versants du promontoire s'inclinaient sur ce vague abime. La voix du vent, parmi les fougères et sur les feuilles sèches des halliers, était celle d'un esprit austère et glacial ; et l'appel sauvage de quelque pâtre, dans les bas-fonds, semblait le cri d'un pêcheur qui hèle, cherchant la côte, comme perdu sur les eaux désertes...

Alors sonnait la cloche nocturne : trois coups... trois autres... trois autres encore!... lents, solennels, pour les trépassés qui font un village mortuaire, auquel leur village pense peu... Ensuite les vibrations familières... Et meilleure en était la voix, peut-être, que dans les soirs glorieux de l'été. Car elle disait :

« Gens de la glèbe... faucheurs qui descendez à pas pesants la haute colline épineuse entre les friches et les genévriers... vieux dont l'échine est raide et voûtée sous votre fagot de bois mort... bûcherons porteurs de cognées lourdes... terrassiers las de creuser la terre, jaunes de l'argile des fossés... hâtez-vous tous vers votre demeure par les chemins boueux de l'hiver... Car voici le temps des veillées : le feu est clair à travers la vitre et joyeux par la porte ouverte... Soyez contents de l'âtre amical, tendez à la flamme vos mains calleuses, séchez votre chanvre et votre bure, mangez, votre écuelle sur les genoux... Puis, que les voisins se réunissent autour des grandes souches vermoulues. Les jeunes danse- ront innocemment sur le carrelage ou sur la terre battue, et les propos rieurs vont éclater comme les étincelles des tisons, comme des châtaignes sous la cendre. Les vieux diront avec gravité des choses d'avant leur jeunesse, d'avant la naissance de leurs vieux... Projetez-vous par delà vous-mêmes dans le passé par vos pères morts, afin que la mort vous soit bonne, et dans l'avenir, par vos petits. Soyez gais !... Il sert peu à l'homme d'avoir un foyer riche et morose... Dilatez vos cœurs : ils sont meilleurs que n'est dure votre pauvre vie... Voici Noël... Écoutez-moi tous ! car je raconte à toute la terre l'histoire lumineuse de Dieu... »

Ainsi, de l'aurore au crépuscule et de mon enfance à l'été penchant, m'ont parlé les cloches quotidiennes que ma mère et mon père aimaient. Elles ont rythmé et rythment toujours les habitudes de mon existence ; elles frappent et frapperont sur mon cœur les heures solennelles de la vie. Leurs vibrations ont porté mes rêves. Leurs glas sont tombés sur mon âme dans le silence, des cimes du deuil, ainsi que des grains de blé sur un champ.

O glas !... nulle voix n'est plus étrange ! ni plus impérieuse, quoique à peine le marteau, de pause en pause, effleure le métal sonore de la cloche, sans faire envoler un seul oiseau du clocher peuplé de leurs nids ! nulle plus puissante, et portée loin dans la campagne, où elle fait le silence, quoique à peine vibrante plus qu'une brise sur l'eau !... Parce que toutes les voix de la vie ne vont que de la vie vers le ciel, d'où celle-ci tombe...

Et le glas frappait, comme en ma mémoire, au-dessus de cette harmonie. Et cette harmonie de ma vision était telle qu'un ouragan calme, épanché, vu, entendu ensemble au faîte d'une tour de vertige. Le tournoiement prodigieux qu'elle faisait au-dessus du monde était comme un océan planétaire superposé à l'autre océan que la lune émeut dans les tempêtes, comme la vie aspirée d'en haut, éternellement, vers l'autre vie, engouffrée en elle d'abîme en abîme et bue comme des gouttes d'eau par son ombre, une ombre de splendeurs fulgurantes où s'anéantissait le soleil.

❦

... La vie se recueille dans la mort... Et l'une et l'autre sont deux sœurs jumelles qui se restituent fidèlement les métamorphoses et les échanges. Il y a deux portes : l'une est vagissante, l'autre silencieuse ; et toutes deux ouvrent sur des mondes sans lumière... Et l'on se demande de quelle mort ou de quelle vie arrivent les nouveau-nés de la vie... et l'on ne saura pas en quelle mort ou en quelle vie éclosent les nouveau-nés de la mort.

❦

Arbre des siècles ! Il n'y a point d'énigme pour ceux qui auront cru sous tes rameaux. Il n'y a pour eux tous qu'une destinée qu'ils se tissent de leurs mains

humaines, avec les prières et les œuvres... Un Dieu qui veut, un Dieu qui voit...
Et la route des béatitudes, par sa parole, fut tracée lumineusement.

Est-ce assez pour Lui?... est-ce assez pour nous?... Y a-t-il, par delà les
comptes stricts des mérites et des démérites, un cercle plus auguste de justice où la
vie reçoit le droit de la vie? Le croyant répond :

— Suis la voie divine et tu paieras la dette de l'homme. Croire, c'est prévoir ;
aimer, être juste... L'esprit est téméraire et débile... Suis ton cœur ; il est chétif
aussi, mais plus humble... L'orgueil ne saurait gagner à la taupe un rayon de ciel
ni un grain de blé.

Mais l'esprit :

— L'orgueil est utile et je fouillerai dans mes galeries. L'injustice est naturelle
au cœur, la justice à l'intelligence. Je me ferai avec celle-ci un monde plausible :
le rayon de ciel et le grain de blé sont le droit des êtres, et si je les gagne, je les
gagnerai pour l'univers... Blasphèmes?... qui donc peut blasphémer parmi les
créatures douloureuses? Dites ! est-ce qu'il y a des impies?... Vous me parlez de
trop de péchés... Avez-vous peur que j'offense des insuffisances en Dieu ?

Un père prit son enfant par la main et lui dit :

« Voici ta maison, voici ton jardin. Sois le maître et joue. Tout est à toi, je te laisse ici... Pourtant, n'entre pas dans cette chambre où il y a une arme à laquelle je dois te défendre de toucher, car elle éclaterait entre tes mains. Garde-toi donc d'y entrer, mon enfant !... Ne cède point à la tentation qui sera proposée. Je sais que tu voudras toucher à cette arme. Mais je t'ai fait libre de m'obéir dans mes commandements et mes défenses. Va et sois heureux !... Au moment précis où tu auras enfreint l'interdiction, tu seras estropié par ta faute et je reparaîtrai pour te punir. »

Arbre, tu couvres la vie de ton ombre. L'interdit est jeté sur la Nature. Notre aventure est trop redoutable : il y a sur la vie et sur la mort trop d'épouvante : tous les pardons sauvent ces terreurs insuffisamment.

Arbre, sous ton ombre millénaire, pourtant, nous naissons et mourons tous. Les sublimités de cette histoire contre-pèsent toutes les objections, contre-pèsent, ne les dissolvent pas ! A cet absolu dans la grandeur s'oppose un absolu de Justice. Contradiction dès lors apparente ?... Il semble que le problème soit mal donné...

Les générations, dans les siècles lointains, passeront par la porte lustrale du baptême : et il n'y aura dans les nécropoles et dans les cimetières agrestes que peu de tombes qui ne soient point gardées par des croix. Cloches éternelles ! pour les Noëls, pour les Pâques et les Fêtes-Dieu, pour les mariages, pour les sépultures, pour les processions dans les campagnes et pour celles qu'on fait dans les villages entre des portes tendues de draps blancs et des murs tendus de branches vertes, sur des jonchées d'herbes et de fleurs — par-dessus toutes les voix des travaux et toutes les rumeurs de la plaine, vous ferez étinceler aux soleils futurs vos volées triomphales, et vous sonnerez ses bénédictions à la terre, et à l'homme la vie et la mort.

Tours des cathédrales ! églises rustiques ! plus d'un pèlerin voudra regarder les plaines ou les cités babéliques, de vos galeries ou de vos clochers plus hauts que le faîte des montagnes. Il viendra de siècle en siècle écouter le silence de Dieu sous vos voûtes ; et il s'étonnera que retentissent ses pas étouffés sur vos dalles ou expirent les bruits du monde. Et bien des cités seront des décombres ; des peuples seront morts depuis longtemps avant que la dernière des églises ne soit une ruine reprise et restituée par la nature à la vie. Et bien des rêveurs pareils à moi multiplieront ma vision pensive...

... Elle se déroulait humble et immense, comme la messe dans notre église et comme la naissance de Dieu. Et d'autres grandes et humbles visions en traversaient les ombres sublimes... Tableaux d'enfance, veillées familiales, paroles amicales de mon père, visage suprême des miens... Prières des vieilles femmes dans la chapelle, rencontre des voisins sous le porche, entrée du village dans son église et des multitudes en leur église... Sous les rameaux du chêne éternel, ces choses des âges étaient vivantes. Et le chêne, de la base au faîte, ainsi qu'on le voit en ces tableaux peints par les artisans des vieux siècles, ainsi qu'il est dit dans les histoires, ainsi que le racontent les aïeules, ainsi que cela fut — quand Il naquit — de la terre au ciel, le chêne, plein d'astres, remuait avec les rayons des ailes et des hymnes lumineux qui étaient comme des colonnes d'étoiles, comme des spirales d'Esprits. Des voix passaient dans les lueurs mystiques et réveillaient les bergers pensifs... Ils s'en allaient vers l'étable obscure, où la lumière était sur l'Enfant... Il vagissait et les animaux se regardaient en parlant de Lui... Et ceux-ci disaient... Mais dise ces choses celui qui aura le cœur simple et doux comme un petit enfant sans parole ou comme un vieux pauvre sans envie.

❧

Ils disaient : « La neige est sur la terre... Il fait froid au coin de notre feu. La bise qui souffle à travers les murs transit nos vieux jusque sur la flamme et les petits enfants dans leur berceau... Maître, tu sais comment le froid mord, né sur notre paille dans la crèche : donne-nous des hivers meilleurs... »

Ils disaient :

« La huche a peu de pain et le coffre est presque sans farine : comment vivrons-nous jusqu'à l'été ? Nous payons la dîme des blés misérables, la taille et la dîme, nous qui n'avons rien... Nous avons faim, nous qui labourons... Et quand nous allons supplier le riche, le riche répond qu'on l'importune ou donne ce qu'il n'ose pas refuser... On dit que tu nous aimes, nous, les pauvres, et tu as été pauvre, Maître de tout !... Dis à l'ondée d'abreuver le champ, à ton soleil de chauffer la grappe et l'épi en fleur, à la grêle de ne pas tomber sur le blé... »

Ils disaient :

« Celui qui est petit porte le mépris d'un plus grand. Et celui-ci d'un autre plus fort, et celui-ci de quelque autre encore, si bien que le fardeau de la peine est tout sur les épaules du plus petit. Tu as été petit comme nous autres... Père, nous portons trop de mépris. Le pauvre se plaint peu de ce qu'il souffre : il est patient, puisqu'il doit l'être... Mais ceux qui profitent de notre peine nous humilient, si bien que leur aumône est souvent plus dure que la dureté. Nous sommes des hommes misérables, eux comme nous-mêmes... Et ils l'oublient trop, ils l'oublient trop !...

» Père ! disaient-ils, tu vois ce qu'on souffre ! Et puisque tu exiges qu'on le souffre, nous ne refuserons pas de souffrir... Mais la misère a trop de rigueur et l'homme à la fin tombe sous elle : Père, tu ne veux pas nous accabler... Nous croyons en toi, n'espérant qu'en toi !... O Père ! tu vois le mal du monde, prends-le dans le creux de ta main !... »

Ils disaient :

« Donne-nous le pain, le pain des jours, les jours de la vie, jusqu'à ce qu'il te plaise de nous la prendre, jusqu'à ce que tu nous payes de notre œuvre, ainsi qu'il est dit par la Parole... Il y a sur la terre peu de justice, tu es mort à cause de l'iniquité... Pourtant, la terre, lorsque tu naquis, fut joyeuse, comme si elle t'avait enfanté. Les premiers hommes qui t'ont reconnu furent les bergers de la terre. A chaque Noël, on voit dans les airs un peu de ciel, et la joie descend, comme si tu naissais de nouveau parmi nous...

» Mais cela ne dure que Noël : après, on redevient triste et méchant... Nous ne voudrions pas être méchants... O Père, tu veux qu'on pardonne et nous pardonnons, en nous plaignant. Nous savons bien que tu nous écoutes, nous sommes comme si tu n'entendais pas. Vois la misère, pardonne à la plainte... Fais nos enfants plus heureux que nous : ouvre-nous grande la grande maison... Fais justice à l'abeille ouvrière, pourtant ne condamne pas le frelon... O Père, tu vois le mal du monde, prends-le dans le creux de ta main... »

ÉPILOGUE

Rabelais dit :

Reluisant le clair Hespérus, nous abordames en l'île d'Étape et les chiourmes allèrent à l'aiguade. Lors, frère Jean :

— Voici Thélème nouvelle. Besoin ne sera de radouber, ores en avant, nos navires, plus fatigués d'embruns et de lames que nous. Il y a ici viande délicieuse, air et vins salubres, vent céleste et nourriture à tout appétit et volonté. Cy finit notre longue erreur.

Et Panurge :

— Cy bois-je l'oracle de la Bouteille... Pourtant je n'ai plus la puce en l'oreille : le fol Panurge fera mariage de raison.

Xénomanès le grand voyageur, Carpalim tinrent des propos tels et joyeux, et je, Alcofribas, Epistemon aussi, qui ayant eu la tête coupée en la guerre et recollé merveilleusement par Panurge, avait passé là bas et en çà repassé la noire rivière de Cocyte et vu les diables, héros et damnés s'ébattant, curieuses culbutes des fortunes et renversement antipodiques, vu Ménippe, le bon Diogénès, autres tels, à qui estoient les Champs Élysées bien échus, en juste et bénigne royauté... Mais lors, notre sire Pantagruel :

— Amis, ne relachons les gumènes et ne démontons notre gouvernail. Force nous sera, après repos, d'ici départir : non poussés par vents, maladies et famine, ni autres épouvantails ou contraires, ains par une humeur médullaire et non malivole, ennemie d'oysiveté sans honneur. Nous n'avons pas tout fait !... Vray,

avons-nous sauvé nos oreilles de l'Ile Sonnante et des Chats-Fourrés la Toison
chrétienne. Et si avons-nous vu le manoir d'Arété, que tient en omnigère
seigneurie Messer Gaster, empereur du monde, grand-maître des arts... tout
pour la tripe !... Déconfit Géants, défait Andouilles, et soufflé à tous poumons
allègres, sur les Farfades, Balivernes, Antiphysiques, Caucquemares et Coquecigrues, fort labouré en notre tempête et ri, par foy divine et humaine vertu. Or,
ayant de toutes babouineries et frayeurs indignes purgé nos âmes, bien antidotés
de nature, elléborisés du cerveau, dans peu nous conviendra de passer outre,
pourvus de salaisons, venaison et saumades, bons vins de Myreveaulx, de Graves
et de Beaune et toutes confitures pour faim et soif, munis surtout de claire
Lanterne. Car de Lanterne, aucun ne se passe, ni en voyage, ni dans sa maison,
et avons pu voir en tous pays, que les fols lanternisent, peu pour prou, leurs
vessies... Nature a de quoi vous satisfaire. Car Nature ne saurait faillir, plus que
Dieu, à notre appétit et connaissance : ni dans l'aër, qui porte météores, tonnerres,
tempêtes et vents propices, les nuages et les pluies et, d'icelles, forme les étangs,
rivières et lacs stymphalides, les marécages, les pures fontaines de **Tempé**,
Parnasse, de Castalie, Pénée, Aréthuse, Argirondes et toutes les eaux... ni dans
la mer, qui est le chemin de la terre, et qui laisse, en ses coquilles seulement,
témoignage, sur le rivage aréneux, d'infinie diversité et richesse ;... ni dans la
terre, qui est tant opulente en métaux, fleurs et fruits, grains, plantes, insectes,
oiseaux, reptiles et quadrupèdes, tant en epices, dictames et venins, salutaires
par bonne medecine, tant surtout riche d'absconses merveilles et secrets qui touchent la propre matière des étoiles, dont elle est une... la nature des choses, celle
des esprits et par delà !... En sorte que toute magie et vérité est, par Dieu, en
ses flancs inclose. Pourtant, ne la saurions épuiser... Mais acquérir est science de
l'homme, comme élargir est grâce du ciel. Par quoi, chers pèlerins, compagnons
et amis, à acquérir et à élargir sans mesure, il nous faut passer notre chemin...
Allons ! De par Dieu qui nous conduit !

ÉPILOGUE

Et il est bon que la lune épande ses rayons morts sur les cités mortes et que des villages innocents soient gais où campèrent des consuls et où des rois fous ont été grands comme la peste et la fièvre jaune, que la pourriture des vieux crimes ne soit plus qu'un résidu minéral d'où toute pourriture s'est évaporée, ou une poignée de terre, un peu d'herbe, pas plus riche de chaux et de phosphore que la première mousse venue, que toute autre poignée de poussière. Il sera bon que la terre, un jour, roule silencieusement dans l'espace, ainsi qu'un sépulcre sans odeur.

Alors, pour l'esprit planant sur elle, s'il reste sur ses campagnes pacifiées un vague crépuscule de soleil, la Terre sera une vision calme, un enchantement léthargique, et l'esprit dira :

« Ce monde fut beau... Il eut pour ses plaines des fleuves puissants qui charriaient la vie. Il eut des mers dont les libres vagues roulaient entre quatre continents, des sporades et de grandes îles, où les peuples dans leurs migrations arrêtaient les ailes des vaisseaux. On voit aux côtes le contour des rades, aux caps les assises des lanternes. Ces mers taries furent aux nations des routes d'aventures et d'épopées... Petite était la nef primitive, sauvage le vent, et chétif l'homme... Mais il avait un génie d'audace : une étoile reconnue invariable le guida en ces étendues... Les glaces qui demeurent de ces vagues, le sel des océans évaporés reflètent encore un soleil mourant, un spectre de lune, qui révèlent la beauté des

vieilles harmonies... Les statues sont mortes après les dieux, on conjecture les
débris des temples. La gelée, qui brise jusqu'aux granits, a détruit après les Pyra-
mides la fonte et l'acier récent des forges... Il n'y a plus de siècles ni de saisons.
Il n'y a plus de villes ni de demeures, plus d'ossements, presque pas de ruines, les
montagnes même sont écroulées, et le Temps, ce vieil iconoclaste, n'a plus à ronger
que lui-même sur cette planète qu'il abandonne... Mais l'esprit voit, recrée, juge
et dit : « Ici fut la vie, cette vie fut belle. »

« Ici l'Anadyomène apparut... De longs âges, des désirs puissants, des labeurs
féconds de tous leurs rêves, des rêves nouveaux gros d'autres labeurs, des avortements et des millénaires avaient préparé cette créature. Les plages, les grottes de
la mer, les îles de palmes, les calmes bleus, les vagues bondissantes de l'aurore,
les splendeurs de l'air et de la terre ont exigé la forme divine : elle naquit d'un
regard de l'homme et s'éleva dans la joie du monde.

» Toutes les mers ont vu sa naissance, car toute la Terre l'a couvée. De globe en
globe, elle éclôt encore... Les formes innombrables de la Nature ne sont contra-
dictoires qu'en apparence : une loi d'amour en est l'axe et l'âme, et tout monde
appelle sa fleur d'harmonie.

» O Vénus du monde!... Étant belle ailleurs, tu le fus ici!... Tu étais belle
pour le pauvre esclave qui, rompu d'avoir tourné la meule, le soir, sur la porte de
l'ergastule, soufflait et rêvait la liberté. Il rêvait d'un champ qui fût à lui, d'un
foyer de terre, d'une chaumière de terre et de branches ; il rêvait d'une esclave
aussi, noire et dédaignée par les autres, pour lui douce, qu'il allait trouver toutes
les nuits. Ils s'accouplaient comme de pauvres bêtes et, pour le maître en effet,
leur vie valait celle d'un couple d'animaux. Mais toi, pour eux, tu étais belle
comme la liberté.

» Belle pour le laboureur et le pâtre, et pour l'Esquimau, l'Indien rouge... Plus
belle pour ces peuples de grandeur qui t'ont réalisée en leur génie, pétrisseurs du
marbre et de la vie par qui fut vue la beauté du monde, et qui, t'évoquant de la
Nature au lit bleu des vagues, te bercèrent lumineusement et, de leurs rivages,
dotèrent toutes les races de toi.

» Il y eut d'autres héros : ces héros demeurent les images de l'homme. Ils furent tranquilles devant les dieux, se firent jeunes la vie et la mort. Les voluptueux de la cité aimaient la parole des sages autant que les lèvres des amantes : les sages conseillaient la vertu comme une volupté magnanime... Ils ont dressé devant le Destin l'effigie et le droit du juste. Ils résolvaient en haut équilibre, allègrement, leur énigme humaine ; ils ont cherché de la terre au ciel, élevé sans servilité ni terreur l'échelle lumineuse des forts.

» Plus haut, depuis, monta l'homme triste. Un ciel immense comme le Dieu nouveau se superposa à la vie humaine, et toutes les pensées tombèrent au ciel. Les génies éclos en ce nouveau monde, ayant plus d'espace, eurent plus grande aile. Mais la vie sublimée devint une bataille sans joie.

» Et les hommes changèrent d'égoïsme : à ceux-ci le ciel, à ceux-là la terre ; il y eut rupture entre les deux mondes. Les nourritures à toutes les joies furent rationnées avarement. La terre et l'homme étaient des maudits mal pardonnés.

» Immense était d'ailleurs à son Dieu l'essor de l'âme. L'amour divin faisait simples toutes les vertus. Les élus de cet amour étaient des rois pauvres et magnifiques qui dispensaient humblement aux rois et aux multitudes les grâces du Père : eux-mêmes si lumineux et doux qu'ils semblaient les images terrestres de leur Maître et aux confins de la vie du ciel ; si bien que les animaux comme les hommes les reconnaissaient et suivaient leurs pas.

» Cependant, la terre était plus triste. Ce mal était venu sur ses maux que les joies célestes contre-pesaient leur infini en épouvante et qu'il fallait renoncer la vie : la renoncer, non superbement, comme les héros pour quelque gloire, dans la pourpre d'une triomphale blessure, en une apothéose d'agonie — car il y a une grandeur suprême, régnant sur la vie, à se démettre et donner congé à la Nature avec un sourire de merci ; — il fallait se renoncer à genoux, les mains jointes, abîmé en ses fautes et blessé autant que guéri par le repentir. Il y avait, dans la sainteté même, un orgueil à fuir ; nul calme qu'au Ciel ; les purs et les lâches rencontraient des pièges appropriés.

» Soleil mystique ! tes froides splendeurs ont éclipsé l'autre soleil. La Nature fut déclarée ennemie, et la neige immaculée du Carmel tomba sur la terre comme un linceul : comme le linceul hivernal qui abrite et sauve les blés de la terre. Et cela était nécessaire, comme il était nécessaire aussi que cette révoltée mal soumise couvât des printemps séditieux. »

Nous avons évaporé bien des rêves : mais voici qu'à un ciel perdu nous savons
que d'autres firmaments se superposent, et la vie ne peut manquer à nos âmes,
pas plus que l'étendue à ses globes. Si notre énigme demeure éternelle, nous lirons
des astres et des insectes. Faisons-nous des songes qui soient sublimes... O vieille
terre ! tant qu'il te faudra pour les sillons du sang et des larmes, nous ouvrirons
sans regret nos veines et nous pleurerons la joie de nos cœurs. Car nous voulons
à nos destinées des joies magnanimes et des certitudes ; et nous ramperons pour
les gagner de cime en cime et d'un monde à l'autre. Faisons-nous libres ! Ceux
qu'on dit méchants sont des attardés ! Les meilleurs de nous sont des attardés...
Un jour, la liberté souveraine sera éclose sur les vieux instincts... La statue dans
le marbre brut aura agrégé obscurément les molécules de son harmonie. Et quand
elle s'élévera sur le monde pour vivre la grande vie lumineuse, chacun des hommes
vivant de son âme dira payés les maux de la terre...

Ces maux sont payés : l'Histoire est close et la légende n'a plus de conteurs... L'Humanité est réalisée ; l'argile s'est rendormie dans l'argile, et la Terre, enfin pacifiée, décrit sans réveiller sa poussière une orbite morte, autour de l'Inutile Soleil.

Et l'œuvre est accomplie : les dieux et l'homme se taisent, acquittés du vieux drame qui se joue ailleurs et, de monde en monde, après des variantes peu différentes, couche ses bavards au même silence.

Quelle épitaphe sur ce monde en ruine, ossuaire qui n'a plus d'ossements, tombe crevassée d'où ont fui tous les spectres ? — Dieu l'a-t-il jugé ? la chair de la vie, qu'a-t-elle rendu de ce qu'Il exige ?

Pour les esprits comme pour les hommes, il y a des abîmes inéclaircis... Et il se peut que l'énigme close ne soit pas encore résolue. Il se peut que les dormeurs aient des rêves : il se peut qu'ils aient gagné leur sommeil, il se peut qu'ils soient dans leur lumière, et aussi qu'ils ne se souviennent pas.

Toutes ces choses sont plausibles : il se peut qu'elles soient toutes ensemble. Les rêveurs ont rêvé leur songe et ils ont pensé qu'il était réel... Rien de plus. C'est toute l'aventure qu'abritait l'ancienne forêt dans son ombre, et sur ce que valait cette aventure ni les hommes ni les esprits ne prononcent. Cependant ceci peut être dit que les choses suivaient innocemment l'orbite nécessaire de la Nature et devaient être ce qu'elles étaient... et ceci encore, que le repos est, à défaut de la vie divine, la dette du Créateur à la vie.

Or, maintenant que la terre est morte, que la pitié n'a plus de victimes et que le Destin a brisé sa roue, pour l'Esprit penché sur ce globe, l'histoire de la fourmilière humaine n'est pas une épopée sans grandeur.

Et beaux étaient ses champs de bataille, parce que toute l'histoire de l'homme ne fut qu'une bataille de liberté... Les héros pouvaient aimer leurs blessures et se parer d'agonies triomphales, car ils savaient leur mort bienfaisante. Et ceux qui les suivaient savaient aussi la vertu primordiale du courage, devant la Nature formidable, parmi des Barbares carnassiers...

Que le sage ait souri à ses douleurs, le martyr au juge et l'esclave au maître, cela reste plus grand que la Nature et plus lumineux que le Soleil. L'orgueil est pour l'insecte. Mais celui qui eut le cœur fort et les mains candides s'est redressé au niveau du ciel.

Et grande par delà toutes les sphères, vivante par delà son tombeau, demeure cette épopée que divinise la Croix du Calvaire, qu'illustrent les murailles de la prison où Socrate, pour obéir aux Lois, a bu avec calme la coupe d'Athènes et discouru des Dieux en souriant.

Toute âme s'est orientée à ces deux cimes ; chaque être a rampé vers ces sommets... Immense encore le rêve de l'Inde ! Grandes les dociles multitudes, lorsque attentives à la Parole, elles s'asseyaient dans la poussière afin d'entendre un saint vagabond et voyaient aux choses qu'il annonçait leur cœur se dissoudre et s'ouvrir un monde.

... Et certes ce ne fut pas merveille quand les Titans, dans la guerre antique, déracinèrent les montagnes et les amoncelèrent pour marchepied. Mais que la pauvre brute qu'était l'homme se soit frayé le chemin des Dieux, voilà le miracle des miracles et le prodige des métamorphoses...

Quels premiers pas ! la forêt des monstres, les grottes de l'ours, la jungle des tigres ! les herbes de l'aspic et du naja, les lianes du gorille grommelant !... Quelles étapes ! les chevaux domptés ! le feu docile ! le buffle amical ! les chèvres et les brebis pastorales, l'alliance avec l'éléphant et le chien !...

... Les migrations, les labours antiques... les charrues traçant l'enceinte des villes, écrivant au penchant des collines et sur les campagnes défrichées le poème des gerbes et les pages des lois, la légende que tissent les chaumières et l'histoire des empires et des colonies...

... La mer tentée, les barques d'arbres creusés ou de peaux cousues, portant vers des rivages inconnus la tribu et ses dieux ; les rameurs chantant au roulis des lames et les femmes couchées à l'ombre des voiles ou assises contre les bordages de la carène, allaitant les nourrissons qu'elles endorment, couvés en ce sauvage berceau...

... Les yeux de l'homme levés vers l'étoile, les premiers regards sur la Nature... la joie des retours, la douceur du gîte et les fumées au-dessus des toits... les chants du soir, les conversations sur le seuil de la porte et les bancs domestiques, sournoisement amoureuses des jeunes, graves et somnolentes des anciens ; — tandis que les troupeaux sont ramenés au long des chemins blancs de poussière, tandis que sonnent les trompes des pâtres, que les feux s'allument et le soir s'éteint, et que sur les aires, aux derniers rayons, les fléaux assènent leurs derniers coups mats... tandis que s'en reviennent les chasseurs et que les pêcheurs demi nus passent les gués ou jettent des roches leur épervier dans les courants verts... tandis que les filles des Cyclades folâtrent dans les vagues du golfe, que tintent sur les grèves les sonnailles, qu'aux abreuvoirs les vaches regardent et les bœufs mugissent, tandis qu'aux églises des hameaux sont balan-cées les cloches chrétiennes... tandis que la forêt est solennelle et que les roseaux parlent avec le vent, tandis que les brises dans les feuillages donnent ses murmures au chêne royal, qui émeut un vague remuement de branches et semble en épancher de la sagesse, en une paternelle rêverie, tandis que la nuit avec la lune fait à la terre sa léthargie bleue... tandis que les vieux qui se souviennent, pensifs et les mains sur les genoux, faces du passé devant les portes, y fixent leur attitude sybilline, comme dans l'attente du tombeau...

Monceau des siècles ! O soleils lointains !... De l'aube au crépuscule de la Terre, quelles rumeurs se sont élevées de l'homme et de la Nature vers son Soleil !... vers le Génie radieux des matins, qui dissolvait en nuées les fantômes, en azur les nuées sur les forêts ! vers le puissant Archer des midis, buveur des marécages et des fontaines, qui endormait l'homme à l'ombre des pampres, les faons sous les fougères des halliers !... et vers le Dieu apaisé des soirs, qui s'immergeait dans ses mers antiques et faisait aux épis penchés rendre leurs murmures de gratitude... vers les constellations voyageuses et la Lune amie, vers les lis mystiques et les silences lumineux du ciel !...

Des cités, des déserts bibliques !... des pauvres chaumières où les légendes étaient dévidées par les fileuses ainsi que le chanvre des chènevières et la laine des toisons... et de ces villes dont les ruines mêmes ont gardé après l'écroulement comme le reflux du passé en elles, un bruit d'histoire, un fracas posthume de révolutions et d'épopée.

Athènes ! Rome ! Paris !... ruches de la Terre, atelier des peuples !... les marteaux, les voix, les clameurs, l'éclat des canons, les tonnerres des séditions et des rires tombaient de ces têtes pléthoriques ainsi que le tocsin sur le globe. Et comme de leur halo nocturne, on les voyait ceintes d'une flamme de pensée.

Balancements de la houle humaine ! fourmillement de ses gouttes d'eau !... Les molécules entre-choquées s'unifiaient en courants rythmiques : et lorsque ces courants se rencontraient, en gerbes et en colonnes tourbillonnantes, l'écume de la guerre jaillissait, et la clameur des hommes et de la planète était portée plus haut vers son Dieu.

Comme l'Océan était soulevé plus fort par la lune et les tempêtes dans les vents sauvages de l'équinoxe, et, quand les vents étaient fatigués, lorsque l'ouragan n'en pouvait plus, par cataractes et nappes de mer s'engouffrait en ses propres vides ! ainsi les nations dans leurs orages élevaient des hommes et des voix sublimes aux faîtes de la vie, puis harassées de leur grandeur, précipitées par leur gloire même, retombaient et ne comprenaient pas...

L'aigle a plané ; le cygne de mer a jeté son cri au-dessus des vagues, et la vie dans l'âme de l'homme, prenant des ailes, s'est élevée au-dessus de soi et, dans les vertiges, a porté la voix de la Nature et le témoignage du génie.

L'immensité de l'univers déconcerte les grandeurs d'atomes : la ruine d'un monde fera peu de bruit parmi les mondes. Pourtant quelques paroles et quelques actes qui ont dépassé la Terre demeurent comme des choses de vie.

Et nul ne connaissant les échanges qui se font de globe en globe, ne peut dire si les pensées et les rayons n'ont pas des lumières équivalentes, jusqu'où les grands cœurs se répercutent, ni à quel cercle précis de l'espace les vibrations sont limitées.

Or, cet atome que fut l'homme triste, cet éphémère dans la nuit des songes, cette bulle d'air entre deux mondes, a dépassé son être chétif. Pour aller où ses yeux portaient, les ailes étaient insuffisantes... son esprit volait par delà ses yeux, ses rêves par delà son esprit : de telle sorte qu'à toutes ses visions d'autres étendues se superposaient, et que, sans bouger de sa demeure, il a forcé les bornes des sens, mesuré l'univers visible et conjecturé l'irrévélé.

Et l'on peut sourire des renommées, mais non des douleurs et des pitiés. Sur ces deux axes a tourné la vie de la Terre. Et ceci demeure miraculeux que les pauvres êtres de tant de maux n'aient point voulu les traduire en haine, et qu'ils aient aimé leur destinée.

Que pèse, dans l'univers infini, l'existence de ce globe effrité ? Dans la création éternelle, que compte le temps qui l'a rongé ?... Les ennemis sont réconciliés, le sang gelé a éteint les guerres ; les races pétrifiées de ce monde reposent dans la paix minérale... Le mal s'est évaporé... Mais le reste?... Est-ce que les vertus furent inutiles? Sait-on si les pensées de ce monde ne sont pas tombées sur d'autres mondes comme des semences du ciel?...

Nul ne peut dire... Sur les champs mortuaires flotte on ne sait quoi qui est éternel. Cette épave, en son orbite sans rayons, est roulée dans la houle des étendues stellaires, et l'infini n'a pas déteru d'elle... Un crépuscule y subsiste encore... Comme il y eut une tristesse de ruines, il y a des mélancolies d'univers.

Jungles de l'Inde ! forêts d'Amérique ! halliers de la Gaule ! bois sacrés ! — Je pense aux murmures de leurs feuillages, aux eaux des Naïades, aux hêtres des Fées... Je pense aux escaliers des fontaines, aux cruches de terre des filles blondes, au fleuve où buvaient les bœufs sauvages... Je pense à la chanson des chevrières, aux huttes fumeuses des bûcherons, aux treilles sur la porte des chaumières et aux vents qui ont soufflé longtemps...

La beauté fut dans les bois antiques... Homère a erré sous les lauriers... Les jeunes filles et les Nymphes claires ont noué leurs rondes sur les gazons devant les images des dieux rustiques, et les pâtres, dans les frais loisirs, ont joué de la flûte pour leur amie... Les femmes y sourirent à des enfants qu'elles ont fait dignes du lit des déesses, et les abeilles s'arrêtaient aux lèvres des nourrissons... Si bien que la Nature évanouie demeure illuminée en trois figures, écloses sur la terre d'harmonie : Pan majestueux parmi les Satyres, aux grottes du Ménale chevelu, l'Anadyomène au milieu des îles, Cybèle dans sa robe de forêts...

Et maintenant le calme est en moi. le calme, une lumière d'espérance faite de souvenir et de douceur : tandis que je vais marchant encore de long en large et que dans ma chambre les voix de la nuit et des campagnes entrent par la croisée avec la brise qui passe et bruit sur la colline, avec les clochettes des bestiaux ruminant couchés dans l'ombre des chênes, avec les cymbales des insectes, l'odeur des meules et du chèvrefeuille. avec la grave rumeur de l'écluse, et d'autres sonorités du silence. qui est sur la solitude et la vallée, tranquille ainsi qu'un globe de cristal...

Je pense à ma mère que j'ai vue morte, je pense à mon père endormi ; à mon aïeule, qui me racontait des histoires belles comme sa tendresse, à mon aïeul, qui aimait à me garder sur ses genoux. Je me rappelle mon adolescence et ses mélancoliques amours...

Le village dort au bord de la plaine. Dans la maison, mes serviteurs dorment en attendant l'aube laborieuse. Les blés sont mûrs et leur peuple immense parle dans la campagne ses murmures... La nuit d'été tourne sur son axe et les constellations majestueuses s'inclinent vers les pôles de l'horizon... Et les choses de la vie et de la mort se mêlent ineffablement dans mon âme.

Charles de BORDEU.

Abos, 6 Juillet 1898.

TABLE DES MATIÈRES

ACHEVÉ D'IMPRIMER

SUR LES PRESSES DE L'IMPRIMERIE CARET, A PAU.

LE 19 AOÛT 1906.

9 782329 735429